»Quick – Quick – Slow«

AF223100

Allen freundlichen Damen und Herren gewidmet,
die sich nach Kräften bemühen,
ihren Schülerinnen und Schülern
jeden Alters beim Tanz auf die Sprünge zu helfen.

Dieter Grau

»Quick – Quick – Slow«

Gedanken und Geschichten über den
vergnüglichsten Sport der Welt,
das Tanzen

Bibliografische Information der Deutschen Nationalbibliothek:
Die Deutsche Nationalbibliothek verzeichnet diese Publikation
in der Deutschen Nationalbibliografie;
detaillierte bibliografische Daten sind im Internet über
http://dnb.d-nb.de abrufbar.

© 2009 Dieter Grau
Satz, Umschlaggestaltung, Herstellung und Verlag:
Books on Demand GmbH, Norderstedt
ISBN: 978-3-8391-7336-7

Inhalt

Tanz-Eloge

Der Tanz, das weiß man allen Orts,
ist Elixier des Lebens,
und nach der Wirkung dieses Sports
sucht niemand wohl vergebens.

Als Erstes: Tanzen hält dich jung.
Selbst noch in reifen Jahren
gibt es dir Lebensmut und Schwung,
hilft Spannkraft dir bewahren.

Die Beine laufen wie geschmiert,
geschmeidig wird dein Gehen,
die Muskeln wirken durchtrainiert,
du kannst auf Zehen stehen.

Und lässt sich dann beim Walzerschritt
der Körper sanft erheben,
dann meinst du fast, auf Schritt und Tritt
den Tanzsaal zu durchschweben.

Ich tanze mit dir in den Himmel hinein.

Als Zweites merk dir dieses nur:
»Soziale Kompetenzen«
erwirbt beim Tanz man wirklich »pur«,
fast gänzlich ohne Grenzen.

Das fängt sofort beim Anfang an:
Der Herr geht zu der Dame,
verneigt sich höflich, denn der Mann
macht so für sich Reklame.

Er blickt ihr freundlich ins Gesicht,
fragt lächelnd: »Darf ich bitten?«
Ihr ist, als spräch er ein Gedicht,
folgt fügsam seinen Schritten.

Er hält behutsam ihre Hand,
die ihre liegt ganz lose
auf seinem Oberarm entspannt,
ihr Bein streift seine Hose.

So tanzen sie in Harmonie,
ein Bild wie für die Götter!
Man ist sich nahe, Knie an Knie.
Voll Neid erblassen Spötter.

»Mein schönes Fräulein, darf ich's wagen …?«

Und was sonst nur für Junge gilt,
gilt hier auch für die Alten.
So mancher Senior wird ganz wild,
will hüpfend »Händchen halten«.

Des Lebens Freuden strömen breit,
erklingt Musik zum Tango.
Der Cha-Cha macht die Poren weit,
das Blut pulst wie beim Fango.

Die Samba lieben viele sehr,
die Rumba hat Methode,
der »Paso« kommt vom Stierkampf her,
und »Disco« ist in Mode.

Der Tänze Vielfalt ist enorm,
man kann sie kaum ermessen,
doch jeder Tanz bringt dich in Form.
Den Frust kannst du vergessen.

Drum rat ich drittens: Schwingt das Bein
beim Tanz und werdet locker!
Am besten tanzt man im Verein.
Dort gibt's nicht Stubenhocker!

Je öller, je döller!

Man tanzt wieder

(und das seit mehr als fünftausend Jahren)

Eine Art Einführung in die Materie »Tanz«

Als Barack Obama 2009 zum Präsidenten der USA gewählt wurde, gab es aus Anlass des zu feiernden Ereignisses in Washington zahlreiche Bälle, auf denen sich viele begeisterte Bürger irgendwelchen Musikklängen in rhythmischen Bewegungen hingaben.

Als volksnaher Vertreter der Obrigkeit durfte der neue Präsident diesem Treiben nicht fernbleiben, und so sah man ihn bei mehreren Tanzveranstaltungen mit seiner attraktiven Frau auf dem Parkett. Den Medien gab das Gelegenheit, sein Verhalten in dieser nicht gerade staatstragenden Funktion zu beobachten und zu kommentieren. Eine amerikanische Zeitung schrieb über das Ereignis, Obama sei zwar ein Farbiger, aber er tanze wie ein Europäer.

Das war nicht schmeichelhaft gemeint, aber es war ein Stück Wahrheit und charakterisierte die unterschiedliche Auffassung vom Tanzen in einer Weise, wie sie prägnanter nicht hätte sein können. Auf eine erweiterte Formel gebracht, lautete das Urteil: Als Farbigem müsse Obama der Tanz im Blut liegen. Aber sein Anteil am Europäischen verhindert, dass er sich jenes »Naturtalentes« zu bedienen versteht.

Damit ist jene Grenze angesprochen, die – vereinfacht gesagt – den heutigen Tanz in nahezu zwei Welten teilt. Auf der einen Seite ist da das primitive (im Sinne von: urkräftige) Sich-Bewegen nach meist monotonen Rhythmen, das einfache Sich-der-Musik-Hingeben, das den Körper fast in Ekstase geraten lässt, und auf der anderen Seite der kultivierte Tanz, der in einem Jahrhunderte dauernden Prozess Regeln entwickelt hat, nach denen sich Menschen zu Musik bewegen und ihren Gefühlen durch bestimmte Haltungen und Schrittfolgen Ausdruck verleihen, ähnlich zwar den »primitiv« Tanzenden, aber eben sublimiert durch gewisse Bindungen, an die sie sich halten.

Dass beide Arten des Tanzens heute an fast allen Ecken und Enden der Erde anzutreffen sind, das gehört zum allgemeinen Fortschritt und zur Globalisierung. Tanz als wilde Elementarbewegung ist vermutlich uralt, und in manchen Erdteilen ist er den Einheimischen so »in Fleisch und Blut« übergegangen, dass sich rhythmisch in ästhetischer Weise zu bewegen zu ihren Naturtalenten zu gehören scheint, wie Afroamerikaner beweisen. Aber auch beim »kultivierten« Tanz lassen sich zumindest gewisse Vorstufen in früher Zeit menschlicher Entwicklung erkennen. Wenn man schon nicht ägyptische Tänzerinnen auf Grabzeichnungen dieser Sorte von Tanz zuzuordnen wagt, so ist es doch unzweifelhaft, dass das Schreiten des antiken Chores, von dem schon Homer spricht, »regelhaft« vonstatten ging und daher als Ausdruck kultivierter Entwicklung angesehen werden darf.

Es unterliegt keinem Zweifel, dass die Geschmäcker in puncto Tanz sehr verschieden sein können und es oft auch sind. Der eine wird das improvisierte Recken und Strecken von Armen und Beinen, das Bauch-

und Gesäßwackeln oder Hüfteschwingen nach Musik als das Nonplusultra von in Bewegung umgesetzter Lebensfreude ansehen. Dem anderen wird es vielleicht eher wie infantiles Gehopse nach wenig anspruchsvoller Musik vorkommen, vor allem dann, wenn noch dazu farbige Lichtblitze zucken oder gar wabernder Nebel aus dem Tanzboden aufsteigt. Andersherum wird der eine seine Standardtänze als Ausdruck geschliffener Tanzkunst deuten, während dem Anhänger des »lockeren« Tanzens die Bewegungsabläufe eines »klassischen« Konkurrenten eher vorkommen wie die Fortbewegung von jemandem, dem man bedauerlicherweise ein Zwangskorsett verpasst hat.

Vielleicht kommen die sogenannten lateinamerikanischen Tänze der Trennungslinie zwischen »primitivem« und »kultiviertem« Tanz am nächsten. Auf der einen Seite sind sie eingebunden in das Regelwerk des klassischen Tanzes. Andererseits erlauben sie aber eine stärkere individuelle Körpersprache und Hingabe an die musikalische Vorgabe. Auf jeden Fall gilt für das Tanzen allgemein der alte lateinische Grundsatz: De gustibus non est disputandum – über den Geschmack darf man nicht streiten. Der eine liebt es so, der andere eben anders.

Dieses Buch enthält verschiedenes Material zum Stichwort »Tanzen«. Es finden sich darin Überlegungen in Form von Essays, aber auch Geschichten, welche die Vielfalt der Wirkung jenes »vergnüglichen Sportes« in literarische Bilder zu fassen versuchen. Damit die Lyrik nicht zu kurz kommt, hat auch sie einen Platz am Anfang eingeräumt bekommen. Und da einmal ein bekannter Philosoph den Satz geprägt hat: »Begriffe ohne Anschauung sind leer!«, einen Satz, dessen Wahrheitsgehalt kaum jemand bestreitet, wird das in den Texten Angesprochene hin und wieder durch Bilder ergänzt.

Wenn die hier vorgetragenen Gedanken und »erlebten« Geschichten dazu führten, Menschen zu verleiten, sich dem schönen Sport des Tanzens hinzugeben, wäre schon viel erreicht. Mediziner weisen oft darauf hin, dass das Tanzen der Gesundheit guttut. Wenn diese gesundheitsfördernde körperliche Betätigung auch noch mit Vergnügen einhergeht, was spricht dann noch dagegen, das Nützliche mit dem Angenehmen beim Tanzen zu verbinden?

Womit könnte man, wenn man selbst begeisterter Tänzer war, besser eine solche Einleitung schließen als mit dem in Tanzkreisen bekannten Gruß

»Quick – Quick – Slow«?

Der Tanzlehrer

Versuch einer typologischen Zuordnung

In der Regel ist er männlich, smart, von gewinnendem Wesen, und er signalisiert nicht nur beim Anblick einer Vertreterin der holden Weiblichkeit freundliches Entgegenkommen. Kein Wunder, will er es doch weder mit der einen noch mit der anderen Hälfte seiner angehenden Adepten verderben.

Der Tanzlehrer ist per Beruf verpflichtet, Optimismus auszustrahlen, um dem hoffnungslosesten Schüler schon bei der ersten Begegnung den Eindruck zu vermitteln, er werde aus ihm in kurzer Zeit einen Nurejew machen, und die steifste Schülerin davon zu überzeugen, sie könne demnächst zumindest im Pas de deux bei »Schwanensee« im Bolschoitheater mitwirken.

Das strahlende Lächeln erkaltet bei einem Tanzlehrer selbst dann nicht, wenn Menschen seine Spielwiese betreten, denen er auf den ersten Blick ansieht, dass sie sich nicht freiwillig seinem Training aussetzen, als da sind: Beleibte ältere Herren, deren Eheliebste darauf bestanden haben, von ihren Angetrauten zum Tanzkursus begleitet zu werden, unwirsche Hagestolze, deren Mütter in der Hoffnung auf eine Schwiegertochter ihren Söhnen ein Tanzabonnement aufgenötigt haben, oder sauertöpfische Jungfern, deren Eltern ihre ungelenken Kinder zwecks Lockerung der Haltung und inneren Verkrampfung bei einer Tanzschule glaubten anmelden zu müssen …

Neben der positiven Ausstrahlung von menschlicher Wärme zeichnet der Tanzlehrer sich durch tadellose Kleidung und absolute Körperbeherrschung aus. Schlürfte er in zerschlissenen Jeans und ausgelatschten Sandalen einher, noch dazu mit hängenden Schultern und einer Leichenbittermiene im Gesicht, könnte er gleich seinen Laden dichtmachen. Kein Tanzbeflissener käme auf den Gedanken, solch ein menschlicher Jammerlappen wäre in der Lage, auch nur ansatzweise etwas Positives auf dem Tanzparkett zustande zu bringen.

Nein, ein Tanzlehrer hat in seinem Auftreten ein Bild zu bieten, das fern aller 68er-Allüren und sonstiger humaner Fehlentwicklungen durch Sauberkeit, Sicherheit, Harmonie und freundliche Zurückhaltung zugleich besticht.

Es versteht sich von selbst, dass er als Lehrer die Tanzpädagogik in einem Grade beherrscht, als hätte er sie mit der Muttermilch eingesogen. Jeder Schritt, den er vortanzt, sitzt zentimetergenau, wirkt leicht und so, als bedürfe es dafür auch bei Schülern keiner besonderen Anstrengung. Seine Anweisungen sind frei von besserwisserischem Gehabe, schon gar nicht lehrerhaft, was besondere Beherrschung voraussetzt, denn letztlich geht es ja doch ums Lehren und Lernen.

Nie käme ein guter Tanzlehrer auf den Gedanken, ein Tanzpaar wegen seines Könnens anderen Mittänzern als Vorbild hinzustellen. Das wäre fast so fahrlässig, als spränge er splitternackt in ein von hungrigen Bestien gefülltes Haifischbecken. Lob muss sein, es wirkt motivierend, aber bitte nur kollektiv und niemals Einzelne hervorhebend. Und Tadel ist nur da angebracht, wo man ihn nicht als kränkend empfindet, sondern eher als Ansporn, etwas zu korrigieren, was nach außen ein schlechtes Bild abgeben könnte, also etwa so: »Herr X, bitte nicht auf den Boden schauen, sondern den Kopf gerade halten!« Oder: »Frau Ypsilanti, Sie täten gut daran, beim Sidestep Ihrem Partner nicht den Weg abzuschneiden!«

Von Tanzschülern geschätzt sind auch Lehrer, die sich selbst in den Tanzpausen nicht rar machen, sondern sich unter ihr Volk mischen, locker mitplaudern, aber auch da nicht anecken, indem sie allzu persönliche Gesprächsstoffe meiden, weil sie zu Irritationen führen könnten. Der kluge Tanzlehrer lässt die Themen von seinen Schülern vorgeben, äußert sich selten kritisch und bietet auch hier das Bild schöner Ausgewogenheit.

Vom Sekt, der bei solcher Gelegenheit manchmal in Strömen fließt, nippt er nur ein wenig. Muss er doch nach der Tanzpause sich in bewährter Weise standhaft und geistig voll präsent zeigen. Leicht beschwipste Tanzpaare sind akzeptabel und wirken manchmal sogar belustigend. Ein wankender Tanzlehrer, der nicht mehr Herr seiner Zunge ist, wäre für seine Schüler allerdings so etwas wie eine alkoholisierte Spottgeburt.

Fasst man zusammen, kommt man zu folgendem Resultat:

Der Tanzlehrer ist ein Mensch, der über allen erdenklichen Schwächen steht, pädagogische Elemente so geschickt verpackt, dass sie als solche nicht erkennbar sind, ein Mensch, der die ihm Anvertrauten stets höflich-freundlich behandelt, ein gutes Erscheinungsbild bietet, wozu er seinen Appetit so drosselt, dass er seiner schlanken Linie nicht schadet, und der außerdem auch noch etwas von Finanzen und Geschäftsführung versteht, kurz gesagt: Er ist ein Mensch, den es eigentlich gar nicht geben kann!

Ach, übrigens: Da sind ja auch noch die Tanzlehrerinnen. Für sie gilt das oben Gesagte mutatis mutandis. Mit einer Ausnahme: Während Tanzlehrer im Laufe ihres natürlichen Alterungsprozesses grau melierte Schläfen bekommen, ja sogar ein bisschen »Johannes-Heesters-Reife« zeigen dürfen, müssen Tanzlehrerinnen ihr Berufsleben lang aussehen wie Greta Garbo zu ihrer Teenagerzeit. Das schaffen sie meistens auch. Wie, das bleibt ihr Geheimnis …

Tanzlehrer früher und heute

Tanzpaare

oder: Aller Anfang ist spannend

Man tanzt in der Regel paarweise, und da Tanz auch etwas mit Erotik zu tun hat, geraten bei dieser besonderen Sportart ein männliches und ein weibliches Wesen in »Tuchfühlung« und damit mehr oder weniger auch in ein erotisches Spannungsfeld.

Zwar gibt es Ausnahmen von dieser Regel, z. B. bei Männermangel auf Tanzveranstaltungen oder weil Männer erfahrungsgemäß tanzfauler als Frauen sind. Dann sieht man schon mal Frauen miteinander tanzen, weil sie einfach nur Freude an der Bewegung zu zweit haben – oder vielleicht auch sich im Alltagsleben näherstehen. Zwei miteinander tanzende Männer sah man bisher nur selten. In mediterranen Ländern gab und gibt es das, z. B. beim Sirtaki, und in Sizilien tanzen wohl auch schon mal zwei Männer gemeinsam, wenn man Filmszenen aus »Cinema Paradiso« glauben darf. Aber vielleicht ändert sich das und wird auch anderswo zur Mode …

Dass für junge Menschen der Tanzkursus – zumindest in Zeiten, als in den Schulen im Alter ab 10 Jahren noch nicht Koedukation üblich war – die erste konkretere Kontaktaufnahme zum anderen Geschlecht ermöglichte, machte ihn fast zu einer gesellschaftlichen Institution. Man braucht gar nicht einmal an so bekannte Einrichtungen wie den Wiener Opernball zu denken, wo »Eleven und Elevinnen« durch Tanz in die »Gesellschaft« eingeführt werden. Jeder erste Tanzkursus ist für junge Leute ein besonderes Ereignis, das zumindest bei Mädchen die Herzen höher schlagen lässt. Welche Spannung erzeugt bei ihnen allein schon die Frage: Wer wird mich zum ersten Tanz auffordern?! Und bei den meisten jungen Männern dürfte die Erregung ähnlich groß sein, wenn es zum ersten Mal heißt: »Bitte gehen Sie jetzt zur Damenseite hinüber!«

Auch das familiäre Umfeld der Adepten bleibt bei diesem Schritt in das allmähliche Erwachsen-Werden nicht ausgespart. Bekannt ist die Geschichte, wonach ein jüngerer Bruder, als er erfuhr, dass der ältere an einem Tanzkursus teilnehmen werde, mit hochrotem Kopf fragte: »Und da tanzt er mit einem richtigen Mädchen?«

Es ist also eine spannende Sache, der erste Tanz mit einem Vertreter des anderen Geschlechts. Geht man zu weit, wenn man im Tanzen so etwas wie eine Ersatzfunktion des Balzens zu sehen wagt? In und von der Tierwelt kennt man das: Bei vielen Arten begattet man sich nicht einfach, sondern das Männchen umwirbt das Weibchen in geradezu tänzerischer Art, und jenem gefällt das durchaus, und es lässt sich auf dieses Spiel ein …

Da aller Anfang auch beim Tanzen, zumindest bei dem sich nach bestimmten Regeln vollziehenden, schwer ist, wirken die ersten Schritte auf dem Parkett oft etwas ungelenk. Besonders junge Männer fallen auf, wenn sie sich bemühen, ihre Füße in der richtigen Reihenfolge und an die richtige Stelle zu setzen, dabei aber sich nicht gerade geschmeidig bewegen, neben dem Takt der Musik herumstolpern und im schlimmsten Fall ihren Partnerinnen auf die

Zehen treten. Aber im Allgemeinen tanzt man sich nach und nach ein. Die Erfahrung lehrt, dass selbst Menschen mit wenig Gespür für Takt und Rhythmus nach einiger Übungszeit zum Beispiel auf Bällen kaum noch aus dem Rahmen einer sich harmonisch nach Musik bewegenden Menge fallen.

Schaut man genauer hin, so fällt auf, dass sich tanzende Paare gewissen Mustern zuordnen lassen, wenn sie in irgendeiner Weise auffällig sind. Allein schon unterschiedliche Körpergröße der Partner kann zur Normenüberschreitung führen. Dass Herren etwas größer sind als ihre Damen, ist die Regel und gilt als vorteilhaft, weil manche Bewegungen sich besser ausführen lassen, z. B. wenn der weibliche Partner sich unter dem Arm des männlichen hindurchbegeben muss. Ist die Frau erheblich größer als der Mann, dann wird es kompliziert. Ein Paar, bei dem die Dame den Herrn um Haupteslänge überragt, lenkt die Blicke aller auf sich. Dabei können die beiden durchaus – tänzerisch betrachtet – Könner sein. Die Diskrepanz in der Größe macht sie zu Außenseitern.

Bei der genannten Kategorie ist außerdem die Gefahr groß, dass die Dame infolge ihrer »körperlichen Überlegenheit« in die Rolle ihres Partners schlüpft und damit gegen die eiserne Tanzregel verstößt, die da lautet: Die Herren führen!

Die Dame gilt auf dem Parkett als die Umworbene, als ein zurückhaltendes Wesen, das sich nicht dem Herrn an den Hals wirft. Allein schon, wie sie ihre Hände in die des Herrn legt, zeigt den Unterschied ihrer Rolle beim Tanz. Die Regel lautet: Nicht plump zupacken, sondern die Hände dem Herrn reichen, als erwarte sie so etwas wie einen Handkuss. Und was bei den Händen beginnt, setzt sich über den ganzen Körper hin fort: Immer wartet die Dame das Signal ihres Partners ab, ehe sie – wenn auch nur mit einer Verzögerung von Sekundenbruchteilen – reagiert. Sie lässt sich eben führen und agiert nicht eigenwillig.

Reißen Damen die Rolle des »führungsbeauftragten« Herrn an sich und bestimmen von sich aus das Geschehen beim Tanzen, ist das fast ein Sakrileg wider die Natur. Da nützen emanzipatorische Proteste wenig. Eine beim Tanz führende Frau ist und bleibt eine komische Figur, bei der man leicht registriert, dass das von der Natur angelegte Prinzip der geschlechterspezifischen Zuordnung in blamabler Weise verkannt wurde.

Kein vernünftiger Mensch käme auf den Gedanken, die Rolle der Frau beim Gesellschaftstanz als eine rangmäßig unter der des Mannes stehende anzusehen. Im Gegenteil. Die chevahereske Art, mit der die Dame zu Beginn eines Tanzes vom Herrn in die Ausgangsposition gebracht wird, zeigt doch ihre Wertschätzung und ihre bevorzugte Stellung. Also kann man Frauen nur daran erinnern, dass beide, Männer wie Frauen, ihre jeweiligen Vorzüge haben. Warum also auf etwas verzichten, was gerade den Charme der Weiblichkeit ausmacht, und beim Tanzen sich in die Rolle des Mannes drängen wollen, die gerade jenen Charme ausklammert?

Der Herr ist der Spiritus Rector des Bewegungsablaufes beim Tanz zu zweit, er führt mit seiner Körpersprache die Dame, übertreibt aber seine Rolle nicht derart, dass sein Leiten und Lenken gezwungen wirkt. Je selbstverständlicher die Dame ihm zu folgen versteht, umso harmonischer wird der Tanz ausfallen. Auch dass der Herr nicht so wirken darf, als denke er angestrengt über die bevorstehenden Schritte nach, liegt auf der Hand.

Gute Tänzer verstehen den Eindruck zu vermitteln, alles laufe »spielend« ab, auch wenn in Wahrheit eine Menge Konzentration und ein gerüttelt Maß an Übung dahintersteckt. Nicht jedes Tanzpaar wird trotz Anstrengung und guten Willens die Formvollendung erreichen, die man bei Teilnehmern an Tanzturnieren bewundern kann. Jene Leute gehören einer Sonderklasse, um nicht zu sagen: einer anderen Tanzwelt an. Aber der Versuch, wenigstens in die Nähe jener Perfektion zu kommen, der lohnt sich allemal. Und die meisten, die das versuchen, stellen in der Regel dabei fest: Es macht Spaß und bringt Freude.

Stummer Tanzmonolog

Jetzt ist doch der Falsche zu mir gekommen. Dabei hatte ich gehofft, dass bei diesem Ball der nette Junge mein erster Tanzpartner sein würde, dem ich immer morgens beim Schulweg an der Ecke zu Kauls Café begegne, weil er zur selben Zeit zu seiner Arbeitsstelle ins Stadthaus hastet. An der Garderobe hat er mich heute nicht bemerkt, aber eigentlich müsste ich ihm im Saal doch schon aufgefallen sein. Na ja, vielleicht wollte er nicht mit der Tür ins Haus fallen und fordert mich bei der nächsten Tanzrunde auf.

Einstweilen muss ich mich mit diesem Sturkopf hier begnügen, der aussieht, als hätte er nicht alle beisammen. Aber bis drei zählen kann er jedenfalls. Sonst wäre er nicht beim ersten Ton der Kapelle wie von der Tarantel gestochen auf mich zugeschossen, um mögliche Konkurrenten aus dem Feld zu schlagen.

Bisher hat er kein Sterbenswörtchen von sich gegeben. Stumm wie ein Fisch vollführt er seine Tanzschritte und drückt mich mit seinen Bärentatzen an sich, als wollte er mir die Rippen brechen. Ob das gutgeht? Und er glotzt mich dabei mit seinen Kulleraugen an wie die Schlange das Kaninchen, ehe sie es hinunterwürgt. Da sage einer, Tanzen sei das pure Vergnügen! Aua! Jetzt hätte er fast mit seinen Quadratlatschen meine rechte Zehenspitze abgehobelt. Laut hat es geknirscht, und hätte ich nicht schnell den Fuß weggezogen, wäre ich vermutlich vollends unter seine Räder geraten …

Das kann ja noch lustig werden, wenn dieser Tango sich noch länger hinzieht. Aber stark ist mein Bursche, das muss man ihm lassen. Mit seinen Pranken könnte der glatt eine rohe Kartoffel ohne Mühe zerdrücken. Oder seinen Daumen in eine Türspalte halten, um zu verhindern, dass jemand die Tür zuschlägt. Und er liefe vermutlich noch nicht einmal Gefahr, eine Quetschwunde davonzutragen. Dennoch, mir wäre hier ein Mann auf dem Parkett lieber, der mich weniger fest an sich drückte, so einer, der einem nicht die Luft zum Atmen nimmt, dabei aber doch so eng auf Tuchfühlung bleibt, dass man meint, man liege in seinen Armen …

Eben sehe ich, wie meine Freundin Hilde mir einen neidischen Blick zuwirft. Nun ja, sie hat mit ihrem Lulatsch auch nicht das große Los gezogen. Der überragt sie um Haupteslänge, und sie hängt an ihm wie ein nasser Sack an einer Bohnenstange.

Nein, bei allen Schwächen meines Tanzpartners, tauschen möchte ich selbst mit der nicht. Dann schon lieber mit einem Tanzbären wie dem meinigen über das Parkett schlurfen.

Ach, schräg gegenüber schwenkt mein Traummann seine rothaarige Partnerin munter im Kreis herum. Ob der auf Rot steht?

Vielleicht sollte ich beim nächsten Friseurbesuch eine Haarfärbung ins Rötliche in Betracht ziehen. Möglicherweise brächte das einen greifbaren Erfolg.

Oder ob es das Blumensträußchen an der Schulterspange seiner Partnerin ist, das ihn zu seiner Dame gezogen hat? Das Motto des Abends lautet: »Blüten und Früchte«, und so haben sich alle jungen Damen mit etwas Blühendem oder mit frischen Früchten geschmückt, um zu gefallen.

Wie bin ich eigentlich auf rote Kirschen verfallen? Ach so, die gab es als neue Ernte aus Neuseeland beim Gemüsehändler.

Diese Prachtexemplare von roten Kirschen müssten doch eigentlich an meinem Busen eine ähnliche Wirkung bei meinem Idealpartner entfalten wie die roten Haare seiner Tanzpartnerin. Vielleicht locken meine Kirschen ihn bei der nächsten Tanzrunde an. Mal sehen …

Na endlich, der Tango neigt sich dem Ende zu, und meine Hoffnung kann sprießen. Schritt, Schritt, Abschluss-Schritt und Punkt. Das wäre überstanden!

Irgendwie hat mein Tanzbär wohl doch so etwas wie Schliff. Er verneigt sich artig am Schluss und legt dabei seine Hände an die Hosennähte. Aber warum sucht er jetzt plötzlich so eilig das Weite? Hat diese Panik einen Grund?

Natürlich! Ich spüre es und sehe es auch zugleich. Mit seiner leidenschaftlichen Umklammerung hat er die Kirschen an mir plattgedrückt. Eine rötliche Masse klebt an meinem Busen, ich spüre den Saft auf meiner Haut, und meine schöne Seidenbluse ist verunziert, als hätte sie in einem Fernsehkrimi eine Schusswunde abgekriegt – so richtig ekelig!

Nur schnell weg von hier, ehe ich zum Gespött des ganzen Saales werde! Meinen Traummann kann ich vergessen, zumindest für heute …

Die Wandlung

Vinzent ließ regungslos die Streicheleinheiten über sich ergehen, oder er zuckte nur hin und wieder kurz mit seiner feuchten Hundenase, während Rosemarie mit ihrer Hand sanft vom Hals her bis zum Schwanzansatz entlangfuhr. Du hast es gut! Kannst dich hier in die Sofaecke kuscheln, während man von mir Unmögliches verlangt. Wie gern würde ich mit dir tauschen!

Schon wieder Schweißperlen auf meiner Stirn. Also noch einmal ins Badczimmer und mit einem Wattebausch abtupfen! Und die Haarsträhne rechts hängt wieder zu tief runter. Wie komisch das aussieht. Nein, so kann ich unmöglich unter Leute gehen!

»Rosemarie, es ist Zeit, wir verpassen die Straßenbahn!« Die sonst immer so freundliche Stimme der Mutter klingt energisch.

»Liegt deine Handtasche in der Garderobe?«

Rosemarie hatte sich bis zuletzt zu wehren versucht. Nein, mit anderen Mädchen zum Tanzkursus gehen, das könne sie nicht.

Sie, die immer in der letzten Klassenbank sitzt, zu der sich keine andere freiwillig setzen will, sie, die ständig Gehemmte, sollte sich der Gefahr aussetzen, ausgelacht zu werden wegen ihrer Ungeschicklichkeit? Oder verspottet von Jungen wegen ihrer blassen Haut und ihrer Sommersprossen – nein, das konnte nicht gutgehen.

Tränen waren geflossen, als Vater und Mutter erklärten, sie hätten sie, Rosemarie, auf eine Liste gesetzt, als die Klassenlehrerin bei der letzten Elternpflegschaftsversammlung nach langer Diskussion über Freizeitgestaltung der ihr anvertrauten jungen Damen den Vorschlag machte, für die Klasse einen Tanzkursus zu arrangieren. Die meisten Erwachsenen hatten sich begeistert gezeigt, und es wäre seltsam gewesen, wenn sich Rosemaries Eltern nicht bereitgefunden hätten, den Namen ihrer Tochter auf die Liste zu setzen, die noch während der Versammlung in Umlauf gesetzt wurde. Bedenken hatten sie schon, weil sie ihr Kind gut genug kannten, um zu wissen, dass ihr »scheues Reh« seine Hemmungen würde überwinden müssen. Aber im Vertrauen darauf, die Sache könne Rosemarie letztlich nur nützen, hatten sie ihre Bedenken beiseitegeschoben.

Und das von den meisten Erhoffte geschah. Nicht nur, dass die von der Lehrerin angesprochene Tanzschule einen geschlossenen Kursus für die Untersekundanerinnen einrichtete: Es gelang sogar, vom benachbarten Jungengymnasium eine komplette Jungengruppe von 16- und 17-Jährigen als Partner für die jungen Damen zu engagieren. Und so konnte es also losgehen.

Rosemarie saß nun in der Straßenbahn und fuhr einem Ereignis entgegen, dessen Anfang ihr Herz mit Bangen entgegenklopfte.

Da half es auch wenig, dass Mutter Waltraut sie auf dieser Fahrt begleitete. Letztere wollte vor allem sichergehen, dass ihre Tochter auch durch die Tür in die Tanzschule eintreten und nicht von Panik gepackt vorher auf dem Absatz kehrtmachen und das Weite suchen würde. Sie legte ihren Arm um die

Schultern ihres Mädchens und drückte die Tochter leicht an sich. Nur Mut, du wirst sehen, es ist halb so schlimm. Es wird schon klappen!

Mutterarme signalisieren immer Geborgenheit. Rosemarie versuchte, sich dieser ihr vertrauten Nähe und Wärme hinzugeben, und kuschelte sich an sie. Aber als ihre Augen auf ihr helles, gepunktetes Sommerkleid fielen, das die Mutter eigens für den Tanzkursus mit ihr im Modegeschäft ausgesucht hatte, stiegen erneut Bedenken in ihr auf. War es wirklich der passende Stoff, die passende Farbe für ein solches Ereignis, bei dem vielleicht vierzig Augenpaare oder noch mehr auf einen gerichtet waren? Rosemaries Herzklopfen nahm von Minute zu Minute zu. Streifen tanzten vor ihren Augen, ihr Gesicht rötete sich, und es hätte nicht viel gefehlt und sie wäre vor den fremden Leuten in der Straßenbahn in Tränen ausgebrochen.

Aber da rief die Geisterstimme die Haltestelle aus, in deren Nähe die Tanzschule lag. Mutter Waltraut gab ihrer Tochter einen aufmunternden Klaps auf den Rücken, und so verließen sie die Bahn, querten die Straße und gingen bis zu der Ecke, an welcher eine breite Treppe zur offenen Tür der Tanzschule emporführte. Etliche junge Leute standen davor oder schon auf den Stufen und plauderten angeregt miteinander.

Rosemarie fühlte sich schrecklich. Das reinste Spießrutenlaufen! Und das alles jetzt ohne den mütterlichen Beistand, denn die Begleiterin hatte an der Ecke haltgemacht und der Tochter ein letztes »Toi, toi, toi!« auf den kurzen, aber entscheidenden Weg mitgegeben. Rosemarie nahm alle Kraft zusammen und eilte mit gesenktem Blick durch die Herumstehenden hindurch die Treppe empor und flüchtete sich in das Halbdunkel der Vorhalle.

Beinahe hätte sie dabei eine junge Frau, die Assistentin des Tanzlehrers, umgelaufen, die sich in der Nähe der Tür postiert hatte, um die Ankömmlinge zu begrüßen und ihnen die Plätze für die ersten Unterweisungen zuzuteilen. Rosemarie wurde in den Saal geschickt, an dessen beiden Langseiten Stühle aufgereiht standen: die eine Reihe für die »Herren«, die andere für die jungen Damen. Von den Stühlen dieser Reihe hatten schon im mittleren Bereich einige von Rosemaries Klassenkameradinnen Besitz ergriffen und schwatzten munter miteinander. Als sie den Neuankömmling bemerkten, ging der Geräuschpegel merklich zurück. Will sie wirklich mitmachen?

Kaum zu glauben, dass unser »Angsthäschen« das hier übersteht! So oder so ähnlich ging es vielen der Mitschülerinnen durch den Kopf. Aber keine richtete ein freundliches Wort an Rosemarie, und so suchte sich die Betroffene am Ende der Reihe einen Stuhl und saß dort mit gesenktem Blick und erneutem Herzklopfen, während sich die beiden Stuhlreihen mehr und mehr füllten.

Alle Gespräche erstarben, als der »Maestro«, ein schlanker Mittfünfziger mit grauen Schläfen, sich in die Mitte des Saales begab, um nach kurzer Begrüßung zur Sache zu kommen. Kein Zweifel, er verstand es glänzend, den Sinn und Zweck des Tanzsportes den Jugendlichen mit einprägsamen Worten zu erläutern und ihnen Mut zu machen zum Schritt in einen Bereich, der für manche von ihnen in Zukunft mehr »Lebensqualität« bedeuten würde.

So oder so ähnlich seine Formulierung.

Rosemarie hatte von all dem nur ein paar Wortfetzen mitbekommen, weil sie alle Kraft zusammennehmen musste, nicht aufzuspringen und quer durch den Raum und die Vorhalle ins Freie zu fliehen. Auf was hatte sie sich da nur eingelassen! Ihre Hände klammerten sich am Sitz ihres Stuhles fest, als wollten sie dort einen Halt finden vor der Erregung, die Rosemaries ganzen Körper ergriffen hatte. Irgendwie bekam sie aber dennoch mit, dass die Herren aufgefordert wurden, zu der Seite der Damen hinüberzugehen und sich eine Partnerin für die ersten Tanzübungen auszusuchen.

Was ist, wenn mich niemand auffordert und ich womöglich alleine dasitze? Rosemarie hörte ihr Herz vor Aufregung pochen. Sie hielt die Augen geschlossen, bemerkte aber, dass um sie herum Bewegung entstand, ihre Nachbarinnen also schon einen Partner gefunden hatten. Gab es jetzt noch einen Fluchtweg für sie nach draußen, mitten durch die Paare hindurch, die schon den Tanzsaal weitgehend füllten?

Plötzlich räusperte sich jemand vor ihr. Kein Zweifel – es musste jemand vor ihr stehen und sich bemerkbar zu machen versuchen. Durch die vorsichtig geöffneten Lider bemerkte sie ein Jungengesicht, ein durchaus sympathisches Gesicht, wie Rosemarie registrierte, und es gehörte zu einer schlanken Gestalt, einem jungen Mann, der etwas älter zu sein schien und offenbar darauf wartete, dass sie eine Reaktion zeigte. Sein Blick verriet Unsicherheit, so als zögerte er noch und hätte Bedenken, dass das Mädchen, vor dem er stand, mit ihm überhaupt die ersten Tanzschritte versuchen wolle.

Auch so einer wie ich, schoss es Rosemarie durch den Kopf, einer von der letzten Bank, der als Zauderer gilt, dem man ständig Mut machen muss, vielleicht mit Akne im Gesicht und, und, und …

Weil sie begriff, dass hier so etwas wie ein männliches Pendant von ihr vor ihr stand, erhob sie sich und nickte dem jungen Mann zu, was jener richtig als Einverständnis deutete.

Gemeinsam gingen sie in eine Ecke des Saales, in der noch etwas mehr Platz als an anderen Stellen war. Beide hatten das Gefühl, dass sie hier Außenseiter waren, aber zu zweit könnten sie es vielleicht schaffen, im bescheidenen Rahmen mit den anderen mitzuhalten.

Rosemarie fiel ein Stein vom Herzen, und so nahm sie mit ihrem Partner, der sich kurz als Leopold vorgestellt hatte, nach Anweisung des »Maestros« Tanzhaltung ein. Geübt werden sollten die Grundschritte des langsamen Walzers. »Eins – zwei, drei, vor – seit, schließ, rück – seit, schließ, und dabei rechtsherum langsam kreisen!« Die Kommandos kamen staccato aus dem Munde des Kursusleiters, und es fehlte auch nicht der Hinweis, dass die Damen mit dem Rückwärtsschritt beginnen müssen.

Irgendwie schien es mit Rosemarie und Leopold schon bei den ersten Versuchen zu klappen. Ihre Füße liefen wie aufeinander abgestimmt nebeneinander, sie verhakten sich nicht, wurden von Übung zu Übung sicherer. Und als die Musik aus dem Lautsprecher den musikalischen Takt vorgab, hatten beide das Gefühl, keineswegs die schlechtesten Tanzschüler in dem großen Raum zu sein.

Die Gewissheit, etwas zu können, was zumindest nicht schlechter war als bei den anderen in ihrer Umgebung, verlieh den beiden Flügel. Sie wagten sich immer weiter an das Zentrum der Tanzenden heran, keiner von beiden schaute auf die Füße, wie die Mehrzahl der Anfänger das tat. Im Gegenteil, Leopold bewegte sich aufrecht wie eine Eins und gab Rosemarie mit seinen Armen festen Halt, so dass sie ihren Oberkörper strecken und leicht nach hinten lehnen konnte. Als Leopold es gar wagte, je nach Drehrichtung einmal seiner linken, dann seiner rechten Körperhälfte eine Neigung zu geben, und durch sichere Führung Rosemarie dazu brachte, ihrerseits der jeweiligen Neigung zu folgen, wirkten sie so, als wären sie alles andere als Anfänger.

Nicht nur manche der Mittänzer blickten verwundert auf die beiden vermeintlichen »Versager« und schüttelten den Kopf, als hätten sie den beiden eine solche Perfektion nie zugetraut. Auch die Assistentin des »Maestros«, welche die Paare kritisch beäugte und hin und wieder helfend eingriff, wurde auf Rosemarie und Leopold aufmerksam. Ihr war Rosemaries Schüchternheit bei Beginn nicht entgangen und sie fand, dass zumindest sie eine Aufmunterung verdiene. Also trat sie an ihren Herrn und Meister heran und flüsterte ihm etwas ins Ohr. Er begriff nach kurzem Hinsehen, dass er hier zwei Tanznaturtalente in der Schar seiner Elevinnen und Eleven hatte.

Gegen alle Tanzschulregeln, die besagen, dass man

einzelne Schüler nicht vor anderen hervorheben soll, um keinen Neid aufkommen zu lassen, holte er die beiden in die Mitte des Saales und bat sie, vor den anderen in dem großen Kreis, der sich wie von selbst bildete, einen langsamen Walzer vorzutanzen.

Und das Wundersame geschah. Als hätten sie nie etwas anderes getan als das, was der Lehrer von ihnen verlangte, begannen Rosemarie und Leopold nach dem Takt der Musik leicht über das Parkett zu schweben. Wie selbstverständlich befolgten sie dabei alle zuvor gehörten Anweisungen, wurden in ihrer Körperhaltung immer sicherer und lösten so scheinbar mühelos, in Wahrheit aber mit höchster Konzentration die ihnen gestellte Aufgabe bravourös.

Als der Tanzlehrer ihnen das Zeichen gab, sie hätten den anderen genügend lange gezeigt, wie man einen langsamen Walzer tanze, Leopold sich daraufhin aus der Tanzhaltung löste, sich vor seiner Partnerin verbeugte und sie galant am Arm in den Kreis der Klassenkameradinnen und Mitschülern zurückführte, belohnte lauter Beifall das mutige Unternehmen der Vortänzer. Und das Besondere daran war, dass die beiden die Gewissheit hatten: Dieser Beifall war keinesfalls geheuchelt. Er kam von Herzen.

Als Rosemarie gegen Abend nach Hause zurückkehrte, öffnete sie die Haustür vorsichtig und schlich sich leise auf ihr Zimmer. Dort lag Vinzent zusammengerollt auf einem Kissen in seinem Weidenkorb und gab im Halbschlaf nur vereinzelt leichte Zischtöne von sich. Rosemarie kniete sich neben ihm nieder und kraulte ihm mit der Hand das graubraune Fell. Das Tier hob den Kopf und blinzelte etwas verwundert die Zurückgekehrte an. Diese wischte sich die Freudentränen, welche ihre Eltern nicht sehen sollten, aus den Augen und von den Wangen und beugte sich zu dem Tier nieder. »Lass dich nicht stören, Vinzent«, tuschelte sie ihm ins Ohr. »Von jetzt an wird alles besser. Das habe ich heute erfahren. Aber du solltest das von mir als Erster hören ...!«

Onkel Jörgensen

Ich begegnete Hans-Georg Jörgensen zum ersten Mal an einem Tag, der für uns beide und für gut zwanzig andere Jungen unseres Alters eine Weichenstellung in unserem Leben bedeutete.

Mussten wir uns doch just an jenem von warmer Frühlingssonne durchstrahlten Märztag der Aufnahmeprüfung für die Oberschule unserer ostpreußischen Kleinstadt unterziehen, und das Ergebnis jener Examinierung entschied, ob wir nun weiter das »Schlorrengymnasium« – wie man bei uns die Volksschule nannte – besuchen würden oder, zumindest aus Sicht unserer Erzeuger, zu Höherem berufen waren.

Eine Reihe von Vätern und Müttern hatte ihre angehenden Eleven in jener Stätte der zweckfreien Bildung bis zum Prüfungsraum begleitet. Wer gehofft hatte, seinem Sprössling noch verstohlen einen Startvorteil bei diesem Rennen um die Zukunftssicherung aus dem Hintergrund geben zu können, sah sich enttäuscht, denn er fand sich bald auf der Allee vor dem Schulgebäude wieder. Man hatte den Erwachsenen freundlich, aber mit Nachdruck bedeutet, sie mögen sich während der Dauer der Prüfung vom Schulgelände fernhalten. So blieb ihnen keine andere Wahl, als sich in Geduld zu fassen, bis sie ihre Zöglinge um die Mittagszeit wieder abholen konnten.

Hans-Georg fiel mir während der Prüfung dadurch auf, dass er sich im Gegensatz zu den meisten von uns, die wir vom Land stammten, für damalige Verhältnisse geradezu weltmännisch zu geben verstand. Nicht, dass er im Rechnen, Lesen und in der Rechtschreibung sich besonders hervorgetan hätte. Aber bei den allgemeinen mündlichen Fragen verblüffte er unsere Prüfer dadurch, dass er detaillierte Kenntnisse über Sanssouci und Friedrich den Großen vorweisen konnte – schließlich hatte er zumindest bis zum Beginn der Volksschulzeit mit seinen Eltern in Potsdam gelebt. Und auch die Art, wie er seine Sätze formulierte, ging weit über die simplen sprachlichen Ausdrucksformen der meisten Mitprüflinge hinaus.

Warum das so war, erklärte er mir schon in der Pause zwischen den beiden Prüfungsteilen, in der wir auf den großen Schulhof geschickt worden waren. Ich hatte es ihm irgendwie angetan, denn er heftete sich wie eine Klette an meine Fersen und wich nicht von meiner Seite. Offenbar hatte er in mir jemanden entdeckt, der noch wenig von Kultur beleckt, aber aufnahmefähig war und dem er infolgedessen mit seiner puerilen Weltläufigkeit imponieren konnte. Er machte mir klar, dass es unter den Prüflingen nur drei Akademikerkinder gebe, und er gehöre als Sohn des Kreistierarztes natürlich dazu. Ich muss wohl bei der Eröffnung dieses Sachverhaltes ratlos dreingeblickt haben, weil mir das Fremdwort rätselhaft war. Aber Hans-Georg half meiner Unwissenheit in puncto Akademiker schnell ab und erzählte mir, dass es zur Erreichung dieser höheren Stufe menschlichen Daseins eines Studiums bedürfe. Und er fügte auch gleich noch hinzu, dass er ebenfalls Akademiker werden wolle. Sein Plan ging auf. Ich war nahezu sprachlos, also tief beeindruckt.

Die meisten von uns Prüflingen hatten Erfolg und durften zu Beginn des neuen Schuljahres nach Ostern ihre Oberschul-Laufbahn in einem Klassenzimmer beginnen, das noch ganz im Stil der damaligen pädagogischen Institute und im Sinne der herrschenden Leitlinien für den Frontalunterricht ausgestattet war. In drei Reihen standen vier oder fünf zweisitzige Bänke auf das Lehrerpult und die Tafel hin ausgerichtet hintereinander, und nur ein Wandschrank sowie ein Wassereimer ergänzten das spartanisch einfache Mobiliar. In einer der vorderen Bänke saß bereits Hans-Georg, als ich am ersten Schultag den Klassenraum betrat. Er winkte mir auffordernd zu und signalisierte mir, dass er mich als Bankgenossen an seiner Seite zu sehen wünsche.

Da ich keinen anderen Mitschüler näher kannte und er sich am Prüfungstag so fürsorglich meiner angenommen hatte, fand ich es gar nicht schlecht, einer Entscheidung enthoben worden zu sein, und richtete mich mit meinem Ranzen auf dem Platz neben Hans-Georg ein. Diese Sitzbankgemeinschaft dauerte drei Jahre an und brachte uns – um es vorweg zu sagen – eine lebenslange Freundschaft ein, die allerdings durch Höhen und Tiefen führen sollte.

Hans-Georg erwies sich in den meisten Fächern als ein Schüler, der den Anforderungen des Unterrichts gewachsen war und gute oder zumindest befriedigende Noten erzielte. Nur in einem Fach, dem Sport, kam er über ein »Ausreichend« nie hinaus, und nur seine Erfolge beim Schwimmunterricht retteten ihn auf jenem Gebiet vor dem »Mangelhaft« oder gar »Ungenügend«. Dabei hätte er eigentlich alle körperlichen Voraussetzungen gehabt, in der Leichtathletik, im Turnen und auch bei Mannschaftsspielen erfolgreich zu sein. Aber er traute sich trotz seines sonst an den Tag gelegten Selbstbewusstseins zu wenig im Sport zu.

Wenn es beispielsweise um das Bock- oder Kastenspringen ging, nahm er zwar einen rasanten Anlauf, bremste dann aber plötzlich vor dem Hindernis abrupt ab, und er prallte infolgedessen mit Wucht gegen das Turngerät, so dass er oft blaue Flecken an seinem Körper als Zeichen seines mangelhaften Wagemutes trug.

Da Sport in jener Zeit, als wir zur Schule gingen, einen viel höheren Stellenwert hatte als davor und danach, galt man als Versager, wenn einem der Ruf der Unsportlichkeit anhaftete. Ich glaube, dass mein Bankgefährte sehr unter diesem Makel litt. Denn wer sportlich als »Flasche« galt, hatte es schwer, in seinem Umfeld Anerkennung und Freunde zu finden.

So war Hans-Georg vermutlich froh darüber, dass ich ihm nicht auswich, sondern an seiner Seite blieb, auch wenn er mit mir, dem unbedarften Landkind, nach außen kaum renommieren konnte. Da er als Einziger aus unserer Klasse eine elektrische Eisenbahn sein Eigen nannte, die das ganze Jahr über in seinem Zimmer stand, verfügte er über ein Mittel, mit dem er selbst solche zu sich nach Hause locken konnte, die ihn sonst gemieden hätten. Außerdem buhlte er um Freundschaft, indem er Karl-May-Bände, von denen er mindestens drei Dutzend besaß, an Klassenkameraden auslieh, selbst auf die Gefahr hin, dass er das eine oder andere Buch etwas ramponiert zurückerhielt.

Solches muss ihn, den Büchernarren, der seine Bestände wie einen Schatz hütete, hart getroffen haben. Aber wegen der gewonnenen freundschaftlichen Nähe zu einem Mitschüler nahm er den Wertverlust eines Buches in Kauf.

Die Situation änderte sich dramatisch, als wir in die Mittelstufe aufgestiegen waren. Es gab dort zwei Jungen in der Klasse, die mit ihren Körperkräften zu protzen anfingen und Streit suchten, um ihre Überlegenheit beweisen zu können. Kein Wunder, dass Hans-Georg als unsportlicher Mitschüler ihr bevorzugtes Opfer wurde. Er bemühte sich, über Rempeleien und Anspielungen auf seine körperliche Untüchtigkeit hinwegzusehen und hinwegzuhören. Aber wenn die Kontrahenten das Fass zum Überlaufen brachten, geriet er in Wut, reagierte gereizt und zog, sobald es dann zu Handgreiflichkeiten kam, in der Regel den Kürzeren. Es gab selten Leute, die eingriffen und ihn in Schutz nahmen. Meistens bildete sich um die Prügelszene ein Kreis von Gaffern, die das Spektakel mit Häme genossen. Ich fühlte mich als Freund eigentlich verpflichtet, in solchen Situationen Hans-Georg beizustehen. Aber nur selten wagte ich, Schlimmeres zu verhindern, denn ich musste dann selbst als Zielscheibe für die Streithänsel herhalten und bezog auch Prügel, weil ich bei solchen Rangeleien der Unterlegene war. Vielleicht verübelte mir Hans-Georg diesen Mangel an Eintreten für einen Freund oder sah darin sogar so etwas wie Feigheit. Ich bemerkte jedenfalls, dass er in der Mittelstufe nicht mehr darauf bestand, mich als Bankgefährten zu haben. Und auch seine Einladungen zu sich nach Hause wurden spürbar seltener.

Auffallend war, dass er sich jetzt einem anderen Mitschüler viel stärker als früher verbunden fühlte, der ihm vom Typ her eigentlich nicht lag. Wir erfuhren, dass die Familien der beiden zufällig zur gleichen Zeit in Rauschen an der Ostsee Urlaub gemacht und die Jungen sich oft am Strand getroffen hatten. Viele Jahre später, als wir längst die Pubertät hinter uns gelassen hatten, erzählte mir Hans-Georg, er sei damals an einsamen Stellen des Strandes in gewisse »Praktiken« angehender Männer von jenem Mitschüler eingeweiht worden und dadurch in eine Art körperliche Abhängigkeit geraten. Kein Wunder also, dass sie ihre gemeinsamen »Entsteifungen und Lustgewinnübungen«, wie Hans-Georg das pubertäre Treiben nannte, auch nach der Ferienzeit heimlich fortsetzten …

Inzwischen war der Krieg, der Ostpreußen zunächst vor größerem Schaden verschont hatte, in eine auch für unsere Provinz bedrohliche Phase getreten. Die Front in Russland wich immer weiter nach Westen zurück, und die Zahl der Verwundeten und Gefallenen führte in einem Maß zu Männermangel bei den Truppen in den vorderen Reihen, dass man ganze Schulklassen von 16- und 17-Jährigen zur Flak holte, damit sie an den Geschützen Soldaten ersetzten, die ihrerseits an die Front geschickt wurden.

So kam es, dass sich die meisten aus unserer Klasse im Herbst 1943 bei einer Batterie von 10,5-Geschützen in Memel als Marinehelfer wiederfanden. Wer glaubt, dass wir darüber traurig oder gar bestürzt waren, der verkennt, dass Jungen jenes Alters oft meinen, erst etwas zu sein, wenn sie ernst genommen werden.

Der Dienst an der Waffe im Grauzeug war anstrengend, und da der Schulunterricht für uns »Halbsoldaten« an mehreren Tagen der Woche innerhalb des Batteriegeländes fortgesetzt wurde, war das Unternehmen »Flakhelfer« für uns kein Zuckerschlecken. Aber wenn wir in der schmucken Marineuniform für ein verlängertes Wochenende auf Urlaub im Heimatstädtchen waren und dann Mädchen aus der Parallelklasse des Lyzeums begegneten, kamen wir uns schon großartig vor. Dass das nichts als kurzsichtige Einfalt war, das begriffen wir erst später, als die Kriegskatastrophe uns in ihrem Wirbel mitriss.

Hans-Georg war dank seiner schnellen Auffassungsgabe in der Batterie bald vom Geschützdienst zum »Leitstall« gewechselt, dem elektronischen Rechengerät, welches von einigen Soldaten und Helfern bedient wurde. Sie sorgten dafür, dass die Geschütze die nötigen Werte für »Seite« und »Höhe« der Rohre sowie die Zünderlaufzeit der Granaten erhielten. Wer nicht zu diesem elitären Haufen gehörte, blickte manchmal mit Neid auf jene, die sich bei ihrer Tätigkeit nicht sehr anstrengen und auch nicht die Hände schmutzig machen mussten. Hans-Georg hatte offenbar seine herausgehobene Position den anderen gegenüber keineswegs heruntergespielt, und als er gar zum »Oberhelfer« befördert wurde, nahm das Verhängnis seinen Lauf.

Wir schliefen damals noch nicht in den Bunkern unmittelbar neben den Geschützen, sondern in Baracken auf dem Batteriegelände, und zwar in zwei Schlafräumen für jeweils etwa zwanzig Mann. Eines Nachts wurden wir nicht, wie beim Anflug feindlicher Maschinen üblich, durch Alarmglocken aus dem Schlaf gerissen, sondern durch laute Schreie und klatschende Geräusche. Kein Licht ging an, und der

Spuk dauerte auch nicht länger als eine halbe Minute. Dann hörten wir, dass drei oder vier Menschen eilig den Raum verließen und die Tür hinter sich zuknallten. In der Dunkelheit machte sich eine Stimme fluchend Luft. Es war Hans-Georgs Stimme, und so ahnten wir, dass dieser nächtliche Überfall mit Lederriemen ihm, genauer gesagt: seinem Hinterteil gegolten hatte. Es mussten Marinehelfer aus der anderen Schlafbaracke gewesen sein, die diese »Strafaktion« durchgeführt hatten. Der Geschundene wagte aber nicht, die Peiniger ausfindig zu machen, um sie unserem Maat oder gar Batteriechef zu melden, denn er fürchtete, die Sache würde dann überall publik und er zum Gespött der gesamten Mannschaft werden. Also ertrug er den Schmerz, den ihm die Striemen auf seiner Kehrseite bereiteten, mit heimlichem Groll und mit der Einsicht, dass der Neid in seiner extremen Form zu seltsamen Exzessen führen kann.

Die Flakhelferzeit mit unserem Zwitterdasein als »Halbsoldaten« und »Nochschülern« in Memel ging nach einem Jahr zu Ende. Einerseits wurden alle, die bereits 17 waren, entlassen, damit sie für den regulären Wehrdienst zur Verfügung standen.

Andererseits war die Front so nahe an die Stadt gegenüber der Nehrungsspitze herangerückt, dass man sich entschloss, Marinehelferinnen und -helfer über See in Sicherheit zu bringen, damit sie nicht dem Beschuss oder dem direkten Zugriff der Rotarmisten ausgesetzt waren. So verloren wir Klassenkameraden uns aus den Augen, weil das Kriegsgeschehen uns in alle Richtungen verstreute. Einige blieben nach dem Ende des Gemetzels verschollen, andere tauchten erst Jahre später nach ihrer Kriegsgefangenschaftszeit oder langem Vagabundieren durch halb Europa wieder auf.

Als die Waffen endlich schwiegen, lag ich in einem Hamburger Vorortlazarett. Das Schicksal hatte es trotz mancher Blessuren gut mit mir gemeint. Ein schneller Vorstoß der US-Truppen über die Elbe hatte mich vor der Gefangennahme durch die Russen bewahrt, und die Engländer, zu deren Besatzungsgebiet Hamburg gehörte, sahen großzügig darüber hinweg, wenn wir Lazarettangehörige in unseren zerschlissenen Uniformen uns einmal in die Walddörferbahn wagten, um ein kurzes Stück damit zu fahren.

Bei einer solchen Tour stand ich wenige Wochen nach Kriegsende in einem überfüllten Wagon im Gang und blickte teilnahmslos den Gang entlang, als ich plötzlich bemerkte, dass vom anderen Ende des Ganges her mich jemand anstarrte.

Erkennen und aufeinander Zueilen geschah in Sekundenschnelle, und schon lagen Hans-Georg und ich uns in den Armen. Er war für mich der Erste aus meiner Heimat, den ich nach dem Krieg wiedersah, und bei ihm war es genauso.

Es blieb uns nur wenig Zeit für ein »Wo lebst du jetzt?«, denn ich musste aussteigen. Aber seit dieser Begegnung blieben wir in Kontakt und sahen uns sogar ein- oder zweimal im Jahr.

Mich verschlug es vom Norden Deutschlands ins Rheinland, er fand seine Eltern im Emsland und machte von dort aus seinen beruflichen Weg. Sein früher Wunsch, Akademiker zu werden, ging in Erfüllung, als er sein Tierarztexamen bestand und eine Stelle als Veterinär im Sauerland fand.

Von dort aus war es nicht mehr weit zu meinem Wohnort, und so sahen wir alten Klassenkameraden uns von da an häufiger. Beide waren wir jetzt in »Amt und Würden«, und was hätte nähergelegen, als dass jeder von uns sich »beweibte«.

Ich war ihm in dieser Hinsicht voraus, weil ich mich schon zu Beginn meines Studiums in ein Mädchen verguckt hatte, das meine Zuneigung erwiderte. Wir »gingen miteinander«, wie man das damals nannte, und schon zur Hälfte unserer Studienzeit wurde daraus ein »ringfestes Verhältnis«, was bedeutete, dass wir uns offiziell verlobten.

Jedes Mal, wenn ich mich mit Hans-Georg traf, spähte ich nach Zeichen einer ähnlichen Entwicklung wie bei mir. Als er einmal von einer Tanzstunden-Bekanntschaft sprach, sah ich schon Licht an seinem Liebeshorizont. Aber etwas Konkretes wurde nicht daraus. Ich wurde immer ungeduldiger, und eines Tages sprach ich ihn gezielt auf das Thema »holde Weiblichkeit« an. Hans-Georg bewegte sich zunächst um meine Frage wie die Katze um den heißen Brei herum. Aber schließlich rückte er mit der Wahrheit heraus. Er gestand, dass er da offenbar gewisse Probleme habe. Ein Vetter in Hamburg, so berichtete er, sei mit ihm in die Herbertstraße gegangen und habe ihn einem Freudenmädchen anvertraut. Das Zimmer war ordentlich, und auch die junge Person machte einen netten Eindruck. Aber als es dann »zur Sache« gehen sollte, hatte bei Hans-Georg sich nichts geregt, sehr zu seiner Enttäuschung, wie er mir versicherte.

Ich ahnte, dass mein Klassenkamerad sich eher

»zum anderen Ufer« hingezogen fühlte. Das war für mich kein Grund, mit ihm nicht weiter die Freundschaft zu pflegen. Im Gegenteil, Hans-Georg kam gern und häufig zu uns, die wir inzwischen geheiratet hatten, und als sich bei uns Nachwuchs einstellte, war es für ihn eine Ehrensache, bei einem der Söhne die Patenschaft zu übernehmen. Die Kinder mochten ihn, weil er bei seinen Besuchen stets zu Scherzen aufgelegt war und mit ihnen spielte.

War er länger nicht mehr bei uns gewesen, fragten sie: »Kommt denn nicht Onkel Jörgensen bald wieder mal zu Besuch?«

Eines Tages überraschte uns Hans-Georg mit der Nachricht, er habe sich erfolgreich in Köln als Veterinär beworben und ziehe in absehbarer Zeit in die Domstadt und damit noch näher an unseren Wohnort heran. Unser Kontakt intensivierte sich durch den geringeren Abstand, aber es war für uns nicht immer nur Positives, was wir aus der Nähe registrierten. Wir erfuhren, dass er einen »jüngeren Freund« hatte, einen jungen Mann aus »schlichten Verhältnissen«, den er finanziell unterstützte und der auch häufig bei ihm übernachtete. Der Altersunterschied betrug mehr als zwanzig Jahre.

Eine Zeitlang bemühte sich Hans-Georg, diesen »Freund« kulturell auf seine Stufe zu stellen, indem er ihn zu Konzerten und ins Theater mitnahm. Ob ihm damit viel Erfolg beschieden war, wagten wir zu bezweifeln, nachdem er uns seinen Partner einmal vorgestellt hatte. Und eines Tages erfuhren wir von der Riesenenttäuschung, die dieser »Freund« ihm bereitet hatte.

Es fehlte nämlich plötzlich Hans-Georgs goldene Uhr, ein Erbstück von seinem inzwischen verstorbenen Vater, und auch die teure Fotoausrüstung war nicht mehr auffindbar. Wie sich herausstellte, hatte der junge Mann beides zum Pfandhaus gebracht und dort »versilbert«. Der Bruch war unvermeidlich, aber er hatte noch schlimmere Folgen für den so böse Hintergangenen.

Wir mussten feststellen, dass Hans-Georg seinen Kummer immer tiefer im Alkohol zu versenken versuchte.

Als Freund des Karnevals hatte er jahrelang früher das bunte Treiben in der »fünften Jahreszeit« genossen und uns mehrfach in den »Gürzenich« zu Sitzungen oder Bällen eingeladen. Er hatte sich dazu meistens in den »Grafen von Luxemburg« verwandelt mit Zylinder, weißem Schal und Rose im Knopfloch seines Smokings. Die Damen flogen auf ihn, und wenn er sie zum Tanzen aufforderte, bewegte er sich auf dem Parkett höchst geschmeidig und mit musikalischem Talent. Wer nicht wusste, wie sein Verhältnis zu Frauen war, hätte meinen können, er täte nichts lieber als das, was er gerade zu tun schien, nämlich mit großer Verehrung oder sogar Leidenschaft eine Dame beim Tanz im Arm zu halten.

Nun aber drohte Hans-Georg geradezu der Absturz von allem Erreichten. Wieder hatte er einen »jugendlichen Freund« an seiner Seite und in seiner Wohnung, wieder wendete er viele finanzielle Mittel auf, diesen möglichst fest an sich zu binden, aber zugleich fürchtend, erneut eine große Enttäuschung zu erleben.

Und erschwerend kam hinzu, dass seine Abhängigkeit vom Alkohol sein berufliches Wirken gefährdete, zugleich sein Budget durcheinanderbrachte und seinen ansonsten klaren Verstand vernebelte.

Ich traf ihn zufällig in einer Situation an, die mir klarmachte, dass mein Freund nahe vor dem Zerfall seiner Persönlichkeit stand. Ich war wegen eines Termins nach Köln gefahren, und da ich abends noch etwas Zeit hatte, beschloss ich spontan, bei Hans-Georg vorbeizuschauen. Ich schellte vergeblich an der Haustür. Kein Summton signalisierte, dass oben in der Wohnung von Hans-Georg der Türöffner betätigt worden wäre. Aber ich hatte Glück. Ein Mitbewohner verließ das Haus, und so gelangte ich in den Flur. Ich stieg im Treppenhaus bis in das obere Stockwerk, in dem Hans-Georgs Mietwohnung lag. Während ich nach oben ging, hatte sich das Licht ausgeschaltet, und so bemerkte ich auf der fast dunklen Etage zunächst nicht die Frauengestalt, die auf dem Boden vor der Eingangstür zu der mir bekannten Wohnung kauerte. Ich wäre fast gegen sie getreten, hätte sie sich nicht plötzlich zur Seite gedreht und wie ein waidwundes Tier zusammengerollt. Ich drückte auf den Schalter für das Treppenhauslicht, und was sich der Dunkelheit enthüllte, verschlug mir die Sprache. Die Frau hatte bei der Drehung zum Boden hin ihren Hut verloren, und neben dem nur spärlich behaarten Kopf lag eine feuerrote Perücke. Der Kopf aber gehörte Hans-Georg!

Ich weiß heute nicht mehr, was ich als Nächstes tat. Im Bewusstsein geblieben ist mir aber, dass mich ein starkes Gefühl des Entsetzens und Mitleids zugleich überkam. Entsetzen darüber, meinen einstigen

Klassenkameraden grell geschminkt und gepudert in Frauenkleidern mit Seidenstrümpfen und Damenschuhen mit hohen Absätzen vor mir auf dem Fußläufer vor seiner eigenen Wohnungstür liegen zu sehen, und Mitleid mit der armseligen Kreatur, in die mein Freund, der Doktor der Tiermedizin, Burschenschafter und von all seinen Bekannten wegen seiner leutseligen und geistreichen Art geschätzte Mitmensch, sich verwandelt zu haben schien.

Vermutlich hatte er nicht mehr die Kraft oder den Überblick gehabt, den Schlüssel zu seiner Wohnung zu betätigen.

Ich erinnere mich, dass ich in der bunten Handtasche, deren Ledergriff sich der im Halbschlaf Befindende um ein Handgelenk gewickelt hatte, nach dem Wohnungstürschlüssel suchte. Er befand sich aber nicht darin, sondern lag auf dem Boden neben dem Damenhut. Ich konnte nun die Tür öffnen und Hans-Georg in den Flur seiner Wohnung schleifen. Dabei bemerkte ich, dass er im Vollrausch war. Eine kräftige Alkoholfahne um ihn herum ließ keinen anderen Schluss zu.

Ich legte ihn auf sein Wohnzimmersofa und bedeckte ihn mit einem Plumeau aus dem Schlafzimmer. Hans-Georg gab mit geschlossenen Augen zunächst nur knurrende Geräusche von sich. Irgendwie muss aber wohl doch in sein Bewusstsein gedrungen sein, dass jemand bei ihm war, denn er murmelte: »Lass mich in Ruhe!«, oder: »Hau endlich ab!«

Ich stellte ihm ein Glas Wasser auf den Sofatisch und schrieb auf einen Zettel: »Morgen gegen Abend komme ich wieder vorbei.« Dann verließ ich ihn in der Hoffnung, er werde sich am nächsten Tag telefonisch bei mir melden.

Aber ich wartete vergeblich darauf. Mehrmals wählte ich seine Telefonnummer. Es kam keine Reaktion vom anderen Ende der Leitung. Folglich fuhr ich am nächsten Tag wieder nach Köln, um mir ein Bild von Hans-Georgs Verfassung zu machen. Im Stillen machte ich mir Vorwürfe, nicht jemanden aus seinem näheren Umfeld beauftragt zu haben, am Vormittag nach ihm zu sehen. Ich fürchtete, er werde mich erst gar nicht ins Haus lassen.

Wider Erwarten ließ sich die Haustür problemlos öffnen, nachdem ich den Klingelknopf betätigt hatte. Wie am Vortag stieg ich die zwei Treppen nach oben, aber ich brauchte an Hans-Georgs Wohnungstür erst gar nicht erneut zu klingeln. Die Tür stand weit offen, und so ging ich geradewegs bis in das Wohnzimmer hinein. Der Gesuchte saß in einem Sessel, unrasiert, nur mit einem Morgenmantel bekleidet, und blickte teilnahmslos vor sich hin. Er sah bleich aus, und scharfe Falten in seinem Gesicht machten ihn älter, als er in Wirklichkeit war.

Ich setzte mich, ohne dass er mich dazu aufgefordert hatte, ihm gegenüber hin und wartete darauf, dass er den Anfang des Gespräches machte, das unvermeidbar war. Es dauerte eine kurze Zeit, ehe er zu sprechen anfing. Aber er äußerte sich dann mit einer von mir nicht erwarteten Schonungslosigkeit. Er ging mit sich äußerst hart ins Gericht, und ich erfuhr manches, was ich so noch nicht von ihm gehört hatte.

Ja, er schäme sich maßlos über das, was ich gestern zu sehen bekommen hätte. Seine Travestie als Frau sei ein Desaster gewesen, und er bereue nichts mehr als diese unwürdige Entgleisung. Aber auch seine in den letzten Monaten verstärkte Neigung zum Alkohol wolle er nicht entschuldigen. Sein letzter »junger Freund« habe ihn durch Treulosigkeit enttäuscht, und das sei wohl ein Grund dafür gewesen, dass er viel zu oft zur Schnapsflasche gegriffen habe. Und um mir vor Augen zu führen, in welch schlimmer Lage er sich befand, reichte er mir ein Blatt herüber, das auf dem Tisch vor ihm gelegen hatte.

Es war ein amtliches Schreiben, so viel sah ich gleich. Und als ich den Inhalt überflog, wurde mir schnell klar, dass Hans-Georg sich in einer äußerst bedrohlichen Situation befand. Sein Dienststellenleiter teilte ihm in dem Schreiben mit, dass sein durch Alkoholgenuss bedingtes Versagen während der Dienstzeit und häufiges Fehlen, wofür es schon Abmahnungen gegeben habe, nicht mehr hinnehmbar sei. Es sei deshalb in Verbindung mit der städtischen Gesundheitsbehörde ein Verfahren eingeleitet worden, das seine Entfernung aus dem Dienst vorsehe, sofern er sich nicht in eine Behandlung begebe, die zu einer Änderung seines Verhaltens und Besserung seiner angegriffenen Gesundheit führe. Im Klartext bedeutete das: Hans-Georg musste eine Entziehungskur machen, wollte er nicht Gefahr laufen, seinen Beruf an den Nagel hängen zu müssen. Das Gesundheitsamt hatte bereits einen Termin für eine Kur im Schwarzwald mit einer dortigen Spezialklinik vereinbart, und es lag nahe, dass das Entlassungsverfahren seinen Gang nehmen würde, wenn der Angeschriebene nicht die Kur antreten würde.

Hans-Georg sah geistesabwesend vor sich hin, während ich das Schreiben erneut durchging. Der Abreisetermin zum Antritt der Kur war der nächste Tag. Ich begriff, dass mein Freund kaum noch die Kraft hatte, ohne Hilfe all das zu bewältigen, was man von ihm forderte.

Zu allem Überfluss stellte sich noch heraus, dass er sein Konto bei der Bank weit überzogen hatte und ihm kein Kredit mehr gewährt wurde. Bäcker und Metzger waren zwar geduldig, weil er jahrelang ein guter Kunde bei ihnen gewesen war, aber irgendwann wollten sie auch das ihnen von Hans-Georg geschuldete Geld erhalten.

Ich musste handeln. Also fuhr ich zum Hauptbahnhof, erkundigte mich nach den Reiseverbindungen in den Schwarzwald und löste eine Fahrkarte. Dann regelte ich, so gut ich das konnte, die Schuldenfrage und goss allen Alkohol, den ich in der Wohnung fand, in den Ausguss. Hans-Georg erduldete das ohne Widerspruch. Er sagte nichts, als ich ihm klarmachte, dass er unbedingt am nächsten Tag abreisen müsse, und er schwieg auch, als ich ihm erklärte, unsere Freundschaft sei am Ende, wenn er nicht meinen Anweisungen folge.

Ich war mir nicht sicher, ob alles wie geplant ablaufen werde, und deshalb rief ich bei ihm am nächsten Vormittag an. Meine Hoffnung, es werde sich keiner melden, weil er in jener Zeit schon auf dem Weg zum Bahnhof war, trog. Hans-Georg meldete sich, er war noch nicht fort. Ich schrie ihn an und versuchte ihm klarzumachen, dass seine letzte Chance, das Unheil abzuwenden, nur darin bestehe, den nächstmöglichen Zug zu nehmen und das zu tun, was man von ihm erwarte. Ich hörte nur noch ein Knacken in der Muschel. Hans-Georg hatte aufgelegt.

Die nächsten Tage verbrachte ich in Ungewissheit. Es meldete sich niemand mehr, wenn man Hans-Georgs Nummer wählte. Wollte er keinen Kontakt mehr, oder war das fast nicht mehr Erhoffte doch geschehen, hatte mein Wutanfall am Telefon Eindruck gemacht? Es dauerte gut zwei Wochen, bis endlich die erlösende Nachricht in Form einer Grußkarte aus dem Schwarzwald kam. Hans-Georg hatte die Kur rechtzeitig angetreten.

Als er nach sechs Wochen zurückkam, war Hans-Georg ein anderer Mensch, vielleicht sogar wieder der alte, liebenswürdige Junggeselle, den seine Freunde und Bekannten wegen seiner Leutseligkeit schätzten. Um Alkohol in jeder Form machte er einen Bogen, und wir achteten darauf, dass er nicht in Versuchung geführt wurde, wenn er bei uns war. Selbst den Schuss Alkohol gab meine Frau dann nicht in den Pudding, mit dem sie sonst die Süßspeise zu aromatisieren pflegte.

Wir waren froh darüber, dass es Hans-Georg gelungen war, wieder festen Boden unter die Füße zu bekommen. Er setzte alles daran, das für ihn verauslagte Geld auf Heller und Pfennig so schnell wie möglich an uns zurückzuzahlen. Er hatte schließlich auch seinen Stolz wiedergewonnen.

Das weitere Leben unseres Freundes Hans-Georg schien sich ohne besondere Dramatik und ohne auffallende Schwankungen zu vollziehen. Er ließ sich zwar einige Jahre vor dem behördlich vorgesehenen Alter pensionieren, aber nicht, weil man ihm irgendwelche Mängel hätte nachweisen können. Er wollte einfach nur in seiner Berufssparte Jüngeren Platz machen und hatte vor, sich etwas mehr »Lebensqualität« zu gönnen, als es ihm während seiner Berufzeit möglich war. Wir kannten seine Leidenschaft für Literatur, Musik und Theater. Auch war uns bekannt, dass er Finnland und seine Menschen auf Reisen lieben gelernt hatte und sicher wieder einmal gern nach Helsinki, Kemi, Tampere und andere Orte gereist wäre. So vermuteten wir, dass er sich weiter auf kulturellem Gebiet oder bei Reisen bilden wolle. Aber es kam ganz anders.

Als Hans-Georgs Mutter vor Jahren gestorben war und er, das einzige Kind, sich vergeblich nach näherer Verwandtschaft umsah, stand gerade Weihnachten vor der Tür. Am Telefon beklagte er sich bei meiner Frau über den Zustand der familiären Bindungslosigkeit. Die Decke, so gestand er, falle ihm in dieser Zeit, wo alle zusammenrückten, um gemeinsam zu feiern, förmlich auf den Kopf. Da unsere Kinder schon flügge waren und wir viel Platz im Hause hatten, lud meine Frau ihn spontan ein, über Weihnachten unser Gast zu sein.

Hans-Georg kam zu Heiligabend, wir besuchten gemeinsam den Gottesdienst, genossen die schöne Stimmung mit Lichterbaum und Geschenken und empfanden seine Anwesenheit als Bereicherung in der Zeit vor dem Jahresende. Unsere Kinder bezeichneten scherzhaft ihren »Onkel Jörgensen« danach häufig als »Weihnachtskind« ihrer Eltern, denn der Besuch unseres Freundes zu den Festtagen wiederholte sich von da an jedes Jahr. Er gehörte einfach Weihnachten zu unserer Familie.

Als er sich pensionieren ließ, meinten wir, er könne doch noch einige Tage Besuchszeit bei uns anhängen, weil ihn jetzt nicht mehr berufliche Pflichten riefen. Aber Hans-Georg wollte unbedingt nach den Feiertagen wieder zurück nach Köln. Er verriet nicht, was ihn nach dort zog. Es musste aber etwas sein, was ihm sehr am Herzen lag. Wir dachten daran, er hätte wieder einen »jungen Freund« gefunden, und machten in jene Richtung eine Anspielung. Diesen Gedanken wies Hans-Georg aber weit zurück. Mit einer solchen Vermutung, so sein Kommentar, lägen wir gründlich daneben.

Wir rätselten weiter, bekamen aber irgendwie heraus, dass unser Freund jeden Dienstag und Donnerstag am Nachmittag bis gegen Abend nicht in seiner Wohnung und damit unerreichbar war. Das hatte Methode. Er schien während jener Zeit wie vom Erdboden verschluckt.

Aber eines Tages half uns der Zufall, hinter sein Geheimnis zu kommen. Eine Tageszeitung berichtete von einem »Seniorentreffen«, einer Tanzveranstaltung in einem größeren Café, die jeweils dienstags und donnerstags stattfinde. Das sei, so schrieb das Blatt, sozusagen ein »Ball der einsamen Herzen en miniature«. Auf einem Foto sah man mehrere ältere Paare das Tanzbein schwingen, und einer der Herren, die munter zu agieren schienen, war, daran gab es für uns keinen Zweifel, unser Freund Hans-Georg!

Wir waren zunächst perplex und wunderten uns sehr, ihn bei einem solchen Zeitvertreib entdeckt zu haben. Dann fiel uns aber ein, dass er früher in der Karnevalszeit sich Damen gegenüber durchaus als Charmeur gezeigt hatte und als Tanzpartner sehr gefragt war. Nun hatte also »auf die alten Tage« sein Leben durch den Tanz eine besondere Ergänzung erfahren.

Als wir Hans-Georg bei der nächsten Begegnung auf unsere Entdeckung hin ansprachen, lächelte er verschmitzt und gab unumwunden zu, sich regelmäßig als »Witwentröster« beim Tanzen zu betätigen. Er sah darin so etwas wie eine soziale Funktion.

Die meisten bei der Veranstaltung Anwesenden waren alleinstehende Frauen, die gerne einmal tanzen wollten. »Und da Männer dort Mangelware sind«, so seine Erklärung, »versuche ich, mit meiner Anwesenheit jenes Defizit ein wenig zu mildern.« Es gehe auch gar nicht immer nur um das Tanzen, obwohl ihm das viel Spaß mache, fügte er hinzu. Manche Frau sei allein schon dadurch glücklich, dass er sich mit ihr eine Weile lang freundlich unterhalte.

Wir waren über diese Entwicklung mehr als zufrieden. Es blieb uns nicht verborgen, dass Hans-Georg bei jenen Veranstaltungen der Schwarm vieler älterer Damen war, und wir merkten auch, dass er diese ihm zuteil gewordene Wertschätzung sichtlich genoss.

In einer stillen Stunde beichtete er mir, er finde bei jenen Tanzveranstaltungen so etwas wie eine »späte Daseinserfüllung«.

Gern hätte er geheiratet und Kinder gehabt, aber die Erfüllung dieses Wunsches sei ihm leider aus Gründen, die mir bekannt seien, versagt geblieben …

Als es wieder einmal auf Weihnachten zuging und wir Hans-Georg anzurufen versuchten, um zu erfahren, wann er zu kommen gedenke, meldete er sich nicht. Auch mehrere Versuche in den nächsten Tagen blieben erfolglos. Schließlich erreichten wir ein Ehepaar, das mit ihm im Hause wohnte und ihn seit vielen Jahren kannte. Wir erfuhren, dass Hans-Georg mit Verdacht auf einen Schlaganfall in ein Kölner Krankenhaus eingeliefert wurde. Er liege, so hieß es, vermutlich auf der Intensivstation.

Unser Besuch dort brachte uns Gewissheit. Der Arme lag, an Schläuche gefesselt, in einem Spezialbett, atmete schwer und schien, obwohl seine Augen halb geöffnet waren, uns gar nicht wahrzunehmen.

Der Stationsarzt, den wir um Auskunft über Hans-Georgs Zustand baten, wollte uns unter Hinweis darauf, dass wir nicht mit dem Patienten verwandt seien, nichts darüber sagen. Als er aber erfuhr, dass jener keine näheren Verwandten habe und wir zu seinen engsten Freunden gehörten, erklärte er uns, dass bei Hans-Georg wegen Schädigung seines Herzens und Gehirns so gut wie keine Überlebenschancen bestünden. Selbst wenn er noch eine Zeitlang leben würde, wäre er dann ein »Schwerstpflegefall«, ständig ans Bett gefesselt und zu keiner vernünftigen Regung mehr fähig.

Wir konnten nichts mehr für unseren Freund tun, als ihm die Hand zu drücken. Ob er es gespürt hat? Wir wissen es nicht.

Noch vor Weihnachten lief die Zeit seiner Lebensuhr ab. Mit anderen Freunden und Bekannten begleiteten wir ihn noch vor Neujahr zu seiner letzten Ruhestätte auf dem Kölner Westfriedhof. Wie sich herausstellte, hatte er alles für diesen »Abgang« schon Jahre zuvor mit einem Beerdigungsinstitut bestens vorbereitet. Auch einige »Alte Herren« seiner Burschenschaft fehlten bei der Beerdigung nicht. Mir hatte Hans-Georg einmal aufgetragen, dafür zu sorgen, dass ihm Band und Mütze seiner studentischen Verbindung mit ins Grab gegeben würden. Einer jener »Alten Herren« erfüllte diesen Wunsch gern.

Kürzlich war ich noch einmal an der Grabstätte meines alten Schulfreundes, einem Grab in dem Teil des Friedhofs, der als pflegeleicht gilt, weil nur flache Erinnerungsplatten in den Boden eingelassen sind, so dass der Rasenmäher der Friedhofsverwaltung mühelos darüber hinwegmähen kann. Hans-Georg hatte auch nach seinem Ableben möglichst keinem zur Last fallen wollen.

Beim Abschiednehmen ertappte ich mich dabei, dass ich in Gedanken vor mich hin murmelte: Armer Freund, wie anders wäre es dir wohl ergangen, wenn du »anders« gewesen wärest? Vielleicht wird in absehbarer Zeit die stetig fortschreitende Wissenschaft einen Weg finden, Menschen, die eine Änderung ihres Zustandes wünschen, eine wirksame Hilfe zu geben. Sie wird jene dann sozusagen »umpolen« können.

Du würdest, wenn du das erlebt hättest, sicher zu jenen gehören, die sich dieser Hilfe zu bedienen wünschten. Dann hättest du noch viel lieber und öfter tanzen können – und noch vieles andere mehr. Und das wäre auch gut so gewesen!

Traumschiff-Tänzer

Balthasar fühlte sich so unwohl wie kaum jemals zuvor in seinem Leben. Er hatte schon fast siebzig Lenze hinter sich gebracht, aber zum ersten Mal war er von Freunden überredet worden, eine Kreuzfahrt zu machen, eine Seereise »Westliches Mittelmeer« mit Abstechern zu den Kanaren und an die marokkanische Küste mit Landgang in Casablanca.

Allein schon dieser Name hatte bei ihm Erinnerungen an den Film mit Ingrid Bergman geweckt, als er den Reiseprospekt durchblätterte. »Schau mir in die Augen, Kleines!«, fiel ihm dazu ein, und eine Melodie kam ihm in den Sinn, die in jenem Film ein Mann am Klavier in einer orientalischen Spelunke klimperte, eine für die Hauptdarsteller offenbar erinnerungsschwangere Melodie. Wahrscheinlich war es der Name Casablanca gewesen, der den Ausschlag dafür gab, dass Balthasar gerade diese Reiseroute gebucht hatte.

Nun saß er am ersten Abend nach dem Ablegen seines Schiffes mit gemischten Gefühlen im Speisesaal an dem Tisch, den ihm der Chefsteward zugewiesen hatte, und blickte durch das Fenster, innerhalb dessen Rahmen sich draußen die Küste westlich von Genua entlangschob und sich zugleich langsam im Licht der untergehenden Sonne mehr und mehr entfernte.

Gespannt war er darauf, wer die anderen drei Plätze an seinem Vierertisch einnehmen würde. Man war in der Regel für die Reisezeit an seinen Tisch gebunden und hatte zumindest zu den Hauptmahlzeiten andere Reisende als Tischgefährten zu akzeptieren. Nur in begründeten Fällen war ein Wechsel zu einer anderen Stelle im Speisesaal möglich, was zugleich bedeutete, dass die Tischrunde nicht harmoniert hatte und eine Umsetzung von Gästen geraten schien. Solches hatte Balthasar im Begleitheft zu seiner Reise gelesen und sich fest vorgenommen, sich so gesittet und friedfertig wie möglich zu verhalten, um nicht zum Stein des Anstoßes zu werden. Seufzend erinnerte er sich an frühere Zeiten, als er noch seine Frau als Ratgeberin in Verhaltensfragen an seiner Seite gehabt hatte. Aber seit sechs Jahren musste er als Witwer Krisensituationen alleine meistern, was ihm oft nur mit Mühe gelang, weil er nie großen Wert auf Etikette gelegt hatte – sehr zum Leidwesen seiner viel zu früh verblichenen Olga.

Als Erstes erschien ein Paar an Balthasars Tisch, Ehepaar Schröder, seit mehr als dreißig Jahren verheiratet, wie er nach der Vorstellung schnell erfuhr, ein Gespann, wie es einem nicht jeden Tag begegnete. Madam Schröder überragte ihren Mann fast um Haupteslänge und hatte ein längliches, nicht gerade schön geformtes Gesicht mit einer auffallend großen Nase. Aber ihre Beine konnten sich sehen lassen! Von den Füßen aufwärts streckten sie sich in Mannequin-Maßen bis zum Rock hoch, den sie wohl auch kürzer als gewöhnlich trug, um diese Prachtexemplare voll zur Geltung kommen zu lassen. Sie redete ziemlich ungebremst in rheinischem Tonfall, ohne jedoch in »simples Kölsch« zu verfallen. Balthasar schien sie nicht gerade kompliziert zu sein, wohl aber etwas besserwisserisch. Vielleicht neigte sie sogar zu Überheblichkeit. Ihr auffallender Perlenschmuck um Hals und Handgelenke ließen erahnen, dass sie nicht gerade am Hungertuche nagen musste.

Herr Schröder, genauer gesagt, Dr. Martin Schröder, seines Zeichens Diplomingenieur, schien von etwas anderer Art zu sein. Folgsam erfüllte er alle Wünsche seiner hyperaktiven Gattin, mischte sich so wenig wie möglich in Gespräche ein, und wenn er sich zu etwas äußerte, dann nur in sparsamen Worten und in einer Sprache, die ihn als »kühlen Nordländer« aus der Hamburger Ecke verriet.

Balthasar kam schon nach kurzer Zeit des Beisammenseins mit diesem Paar zu der Überzeugung, dass sie ihn geheiratet hatte und nicht er sie.

Wahrscheinlich hatte sie daheim die Hosen an, und er, duldsam gutmütig, wie er zu sein schien, tat das, was seine Frau von ihm wollte, auch wenn es ihm vielleicht innerlich gegen den Strich ging. Aber deshalb Streit anfangen?

Nein, das wollte er sicher nicht. Was dieser Mann und seine Frau gemeinsam hatten, das spürte Balthasar, war das Bemühen, zu anderen Leuten Distanz zu halten.

Als man sich über das Woher und Wie eine Weile ausgetauscht hatte, der Speisesaal kaum noch freie Plätze aufwies und die Kellner schon in den Startlöchern standen, um den ersten Gang zu servieren, tat sich die Flügeltür auf.

Herein trat eine nicht mehr ganz junge Dame im »Flatterlook«, eher zierlich als kräftig von Gestalt, und blieb nach wenigen Schritten im Eingangsbereich stehen. Suchend blickte sie sich um und schien irritiert, weil sie nicht den Steward entdecken konnte, welchem die Tischzuweisung oblag. Aufgeregt nestelte sie an ihrer Handtasche herum, und als ihr das Taschentuch in die Finger geriet, nach dem sie offensichtlich getastet hatte, fuhr sie sich damit mehrmals über die Nase, als wollte sie dort letzte Puderspuren tilgen. Dann hob sie die Hand mit dem weißen Tuch und winkte damit verhalten, um so irgendeinen vom Personal auf sich aufmerksam zu machen.

Es ließ sich nicht vermeiden, dass sie damit die Blicke vieler Tischgäste auf sich zog, aber vielleicht lag diese Nebenwirkung durchaus in der geheimen Absicht jener Dame. So jedenfalls der Verdacht Balthasars.

Als ein Kellner durch das Winken auf sie aufmerksam geworden war und sich ihrer annahm, schritt sie keinesfalls zögerlich durch die Tischreihen hinter ihm her, ließ dabei die Tüllanhängsel ihrer Ärmel geschickt wallen und kam schließlich zu ihrem Ziel, nämlich dem Platz an Balthasars Seite.

Die beiden Herren am Tisch erhoben sich beim Eintreffen des letzten Gasts wie auf ein Kommando und warteten, bis die Damen sich begrüßt und vorgestellt hatten. Dann ergriff der »Kühle aus dem Norden« die ihm dargebotene Hand der neuen Tischgefährtin, verneigte sich und deutete so etwas wie einen Handkuss an. Balthasar wich beim Anblick dieser Geste das Blut aus dem Kopf. In welche Kreise war er hier hineingeraten, er, der biedere Dachdeckermeister aus der Pfalz? Bei Schützenfesten und Innungsfeiern im heimischen Städtchen, zu denen auch Bälle gehörten, gab man sich artig höflich den Gattinnen und den Freundinnen gegenüber. Aber Handküsse? Nein, die lagen außerhalb des Begrüßungszeremoniells. Und wenn die Männer unter sich waren, ging es eher locker leutselig und manchmal auch ein wenig freizügig derb zu. Was sollte er jetzt tun? Wahrscheinlich hatte bereits Madam Schröder, die Langnase-Dame, einen Handkuss von ihm erwartet, als sie mit ihrem Mann an Balthasars Tisch gekommen war. Hatte er da den ersten Fauxpas getan, als er ihr zur Begrüßung kräftig die Hand geschüttelt hatte?

Für weitere Überlegungen blieb Balthasar keine Zeit mehr, denn die »Flatterlook-Dame« streckte ihm die Handoberfläche entgegen, und so musste er sich nolens volens dazu bequemen, in Nachahmung seines Vorgängers einen Handkuss anzutäuschen. Da er darin völlig ungeübt war, geriet seine Verbeugung zu tief und zu ruckartig, was die solchermaßen Begrüßte mit einem seltsamen Lächeln quittierte.

Balthasar hatte anfangs gehofft, in der Hinzugekommenen eine Art Verbündete den Schröders gegenüber zu bekommen. Aber nach dieser Begrüßung war er sich nicht mehr sicher, ob das eintreten würde. Die Dame schien Rätsel aufzugeben.

Endlich saßen alle vier um den Tisch. Lockerung der zuvor leicht angespannten Situation brachte das Servieren des Viergänge-Menüs. Man begann mit Appetithäppchen, den »kleinen Sauereien«, wie Madam Schröder sie nannte, löffelte genüsslich die Spargelcremesuppe, schnalzte schon beim Anblick der Hummerfilets »an« Madeirasoße nebst Kroketten und Gemüse mit der Zunge und meisterte schließlich auch noch das Zitronen-Erdbeer-Sorbet. Dazwischen gab es immer wieder Gelegenheit zur Unterhaltung, wobei die beiden Damen an Balthasars Tisch den Hauptteil bestritten, während die Männer sich eher beiläufig zu den angesprochenen Themen äußerten. Balthasar fiel plötzlich ein, dass ihm die Sitzordnung eine Tischdame beschert hatte, er sich also um Hildegard Salchriedner, die alleinstehende Dame aus Passau neben ihm, würde kümmern müssen. Vermutlich hatte er ihr im Laufe des Abends viel zu wenig Aufmerksamkeit geschenkt, sie nicht genügend unterhalten, ihr vielleicht nicht Mineralwasser zum Wein nachgegossen, wenn der Tischkellner nicht in der Nähe und ihr Glas leer war. Oder hatte er vergessen, ihr das Salzfässchen hinüberzureichen, nach dem sie vielleicht Ausschau gehalten hatte? Es gab so viele Möglichkeiten, sich als Tölpel zu enttarnen. Sicher war die Liste seiner Unaufmerksamkeiten in den Augen seiner Tischdame schon ziemlich lang.

»Warum musste es gerade eine Reise mit dem Traumschiff Costa Smeralda sein, zu der du dich hast verführen lassen?«, fragte Balthasar sich im Stillen. Im gewohnten Urlaubsdomizil im Allgäu – wie früher immer mit Olga – war alles viel unkomplizierter gewesen. Das ungute Gefühl, das Balthasar zu Beginn der Seereise verspürt hatte, war nicht gewichen. Eher bemerkte er eine Art unterschwellige Angst, und am liebsten hätte er sich sofort nach Ende der Beköstigung in seine Kabine zurückgezogen, um alleine zu sein.

Aber das wäre wohl wieder ein Tritt ins Fettnäpfchen gewesen. Also blieb er am Tisch bei den anderen sitzen, nicht wissend, wie es an diesem Abend weitergehen sollte.

Die Schröders entschlossen sich als Erste, die Tischrunde zu verlassen. Das Ehepaar wollte »einen Schluck an der Bar« nehmen, sich dann aber rechtzeitig Plätze an der Tanzfläche im großen Saal sichern, wo nach dem kabarettistischen Programm die Bordkapelle bis tief in die Nacht hinein für Gäste, die gerne das Tanzbein schwangen, flotte Weisen zu spielen pflegte.

Hierbei zeigte sich: Die Schröders waren ausgefuchste »Kreuzfahrer«, oft schon unterwegs mit weißen Traumschiffen auf verschiedenen Routen vom Nordkap bis zum Äquator und noch darüber hinaus. Madam Schröder behauptete nachdrücklich, sie ließen keine Gelegenheit an Bord aus, dem Tanzvergnügen nachzugehen. Ob diese Feststellung ganz im Sinne ihres Mannes war, daran kamen Balthasar gewisse Zweifel.

Es war ihm nicht entgangen, dass jener die Stirn gerunzelt und mit den Achseln gezuckt hatte, als seine Frau so enthusiastisch von »ihrer beider Leidenschaft« sprach.

Als Balthasars Tischdame von den Abendplänen der Schröders hörte, geriet sie förmlich in Wallung. Auch ihr sei das Tanzen eine Herzensangelegenheit, wiederholte sie eindringlich und sah Balthasar dabei so herausfordernd an, dass ihm keine andere Wahl blieb, als diesen Wink zu verstehen, wollte er nicht als unsensibler Tischherr oder gar böser Spielverderber dastehen. Also erklärte er sich bereit, den Abend mit ihr im Festraum des Schiffes zu verbringen, wenn ihr seine Begleitung willkommen sei.

Hildegard Salchriedner schien angesichts dieser Bereitschaft alle zuvor registrierten Unaufmerksamkeiten Balthasars in seinem Sündenregister zu streichen. Freudestrahlend lud sie ihn zu einem Drink an der Bar ein, wobei sie betonte, sie wisse sehr wohl, dass das eigentlich gegen die Regeln des guten Geschmacks verstoße. Aber er müsse von ihr dieses kleine Geschenk annehmen. Er könne nicht ahnen, welche Freude er ihr mit seinem Entgegenkommen bereite. Das klang mehr als versöhnlich.

So saß Balthasar also nach dem Abstecher an die Bar am ersten Abend seiner Reise mit seiner Tischdame Hildegard im großen Saal des Traumschiffes und ließ das Unterhaltungsprogramm an sich vorüberziehen. Ein Zauberkünstler verblüffte das Publikum, indem er dutzendfach Spielkarten aus den Krägen der Gäste in der ersten Sitzreihe holte, mehrere weiße Tauben aus den scheinbar leeren Ärmeln seines Rockes zog und dann eine Assistentin in eine Kiste legte, diese in zwei Teile zersägte und auseinanderschob, wobei sichtbar der Kopf aus einem Kistenteil ragte, die Füße aber aus dem separat stehenden anderen. Dann wurden die Teile wieder zusammengeschoben, und – Simsalabim –zu guter Letzt entstieg die »zersägte« Dame völlig unversehrt dem Gehäuse. Nach einigen Showtänzen des Bordballetts, bestehend aus vier jungen Tänzerinnen und einem smarten Jüngling, den die Damen häufig zwischen sich nahmen oder lächelnd umkreisten, folgte der Auftritt des Hauptanimateurs, der mit einer Rede zum Schlussteil des Abends überleitete, nämlich zum freien Tanz für die Saalgäste.

Kaum hatte die Musik eingesetzt, als auch schon Madam Schröder mit ihrem Mann im Gefolge in die Mitte der Parkettfläche strebte und sofort mit ihm die ersten Tanzschritte absolvierte. Balthasar sah es genau: Madam beherrschte die Szene, und ihr Mann war lediglich der Mitläufer. Er ergab sich in sein Schicksal, und Freude schien bei ihm während dieses Pflichtprogramms nicht aufzukommen. Peinlich war ihm offensichtlich auch, dass seine Frau alles daransetzte, als erstes Paar auf der freien Fläche zu stehen. Man bewegte sich sozusagen im Rampenlicht, fühlte Hunderte von Augen auf sich gerichtet, aber da Madam Schröder keine Komplexe hatte und ihre wohlgeformten Beine wahrscheinlich von vielen mit Staunen zur Kenntnis genommen wurden, hatte er keine Wahl, als gute Miene zu diesem für ihn nicht gerade ergötzlichen Spiel zu machen.

Balthasar versuchte bei diesem Anblick, sich in Dr. Schröders Rolle zu versetzen. Der Arme! – das war sein erster Gedanke.

Neid konnte da nicht aufkommen, eher Bedauern über ein solches Maß an ehelicher Folgsamkeit. Zum Glück für Dr. Schröder füllte sich schnell die zuvor leere Fläche mit tanzenden Paaren, so dass seine Statistenrolle nicht mehr auffiel. Aber Madam Schröder konnte man dennoch in der tanzenden Menge sicher orten, weil sie wegen ihrer Größe das gesamte Feld überragte.

Als die Kapelle den ersten Tanz, einen Foxtrott, beendet hatte, blieben die meisten Paare stehen, um abzuwarten, was nun als Nächstes folgen würde. Erfahrungsgemäß leerte sich die Tanzfläche weitgehend, wenn das Orchester die Musik zu einem sehr modernen Tanz zu spielen begann, bei dem älteren Menschen – und das waren hier die meisten Reiseteilnehmer – leicht »die Puste« ausging. Kam dagegen etwas Ruhiges an die Reihe, machten viele Tänzer bereitwillig weiter.

Balthasars Begleiterin wartete von ihrem Platz aus ebenfalls auf den Beginn des nächsten Musikstückes. Als die Kapelle einen Tango intonierte, blickte sie ihren Tischherrn fragend an, und als dieser sich erhob, die Jacke zuknöpfte und ihr freundlich zunickte, war die Welt für Hildegard Salchriedner mehr als in Ordnung.

Endlich hatte sie mal wieder einen Tanzpartner, einen Mann, der bereit war, mit ihr das Parkett zu betreten. Dabei wusste sie noch nicht einmal, ob jener sich als Tänzer überhaupt bewähren würde.

Und für Balthasar war es ein besonderes Wagnis. Mit seiner Olga hatte er auf Schützenfesten beim Schwofen keine Probleme gehabt. Ein paar Grundschritte traute er sich zwar zu. Aber hier, auf dem Parkett des Traumschiffes, stellte man sicher höhere Ansprüche.

Mit ungutem Gefühl zwängte er sich durch einige Tanzpaare hindurch zu einer Ecke, wo er sich weniger beobachtet glaubte, gefolgt von seiner neuen Tanzpartnerin. Jahrelang war er seit dem Tod seiner Frau Olga nicht mehr mit einem weiblichen Wesen auf »Tanz-Tuchfühlung« gegangen, und so fiel ihm in der Aufregung des Neubeginns nicht ein, ob er seine linke oder rechte Hand auf den Rücken der Dame zu legen habe. Aber Hildegard löste das Problem schnell, indem sie ihre Rechte auf Balthasars linke Schulter platzierte. Das andere ergab sich dann von selbst.

»Schritt – Schritt, Tangoschritt!«, soufflierte sie Balthasar ins Ohr, als sie merkte, dass ihr Partner nicht so recht in die Spur kam.

Dankbar für diese Hilfe, konzentrierte sich der nun auf die angesagte Schrittfolge, und so ging es besser, als er gehofft hatte. Allmählich stellte sich auch bei ihm das Gefühl für den Tangorhythmus ein, und nach und nach gelang ihm seine Führungsrolle immer besser. Hildegard Salchriedner war mit ihm mehr als zufrieden.

Wie lange hatte sie nicht mehr das Vergnügen gehabt, zwar nicht in den Armen eines Mannes zu liegen, aber sich doch wie hier von ihm gehalten zu fühlen! Ihre Reise mit dem Traumschiff Costa Smeralda hatte an diesem Abend zumindest für sie verheißungsvoll begonnen.

Auch Balthasars Selbstvertrauen ging aus diesem Tanzabend gestärkt hervor. Nicht nur an einen langsamen Walzer und einen schnellen hatte er sich zusammen mit Hildegard gewagt. Unter Zuhilfenahme von allerlei »Eselsbrücken« wie lauter Rhythmusansage und Aufforderung zu Fließbewegungen war es Hildegard gelungen, einen Slowfox mit Balthasar gut über die Tanzzeit zu bringen, auch wenn jener sich danach den Angstschweiß von der Stirn hatte wischen müssen.

Hildegard begriff, dass sie ihren Kavalier, der immerhin ein gutes Stück älter als sie war, hier nicht noch länger strapazieren durfte.

So erklärte sie sich bereit, es für diesen Abend genug sein zu lassen. Aber auf eine Wiederholung des schönen Erlebnisses hoffe sie dann doch, entfuhr es ihr fast ungewollt. Dabei wischte sie sich mit einem ihrer »Schlabberlook-Ärmel« über das Gesicht, um etwas Feuchtigkeit von den Wangen zu entfernen. Offen blieb, ob es sich dabei um Schweißperlen oder gar kleine Freudentränen handelte.

Ehe sie sich aus dem Tanzsaal zurückzogen, warf Balthasar noch einmal einen Blick auf das Tanzgewoge. Ohne Schwierigkeit entdeckte er darin Madam Schröders Kopf mit der Langnase. Ihren Mann konnte er nur erahnen. Klein, wie Dr. Schröder war, wurde er von den anderen Paaren verdeckt, und Balthasar konnte ihm nur in Gedanken wünschen, von seiner Frau so rücksichtsvoll behandelt zu werden, wie ihm das gerade von seiner Tischdame zuteil geworden war.

Auf dem Weg zu ihren Kabinen konnte Hildegard ihr Glück immer noch nicht recht fassen. Sie summte leise die Melodie des letzten Musikstückes, das sie im Saal gehört hatten – »… das machen nur die Beine von Dolores …« –, vor sich hin und wedelte dabei mit einem federleichten Taschentuch sich frische Luft zu.

Auf der Treppe wagte Balthasar, ihr seinen Arm zu reichen, damit sie nicht ins Stolpern geriet, denn der lockere Saum ihres langen Kleides war in Gefahr, unter ihre Füße zu geraten und die Trägerin beim Abwärtsschreiten zu Fall zu bringen.

Weiter wollte Balthasar aber nicht gehen, und um bei Hildegard kein Missverständnis aufkommen zu lassen, entließ er sie aus seinem Arm, als sie die Stelle erreicht hatten, an welcher der Gang zu ihren beiden Kabinen sich teilte. Er verneigte sich und wünschte seiner Tisch- und Tanzpartnerin eine gute Nacht. Dabei hob er ihre rechte Hand leicht an und hauchte, als hätte er das seit eh und je bei Damen getan, einen Kuss darauf. Zwar wunderte er sich im Nachhinein selbst sehr über seinen Mut, aber das änderte nichts daran, dass diese galante Zugabe nicht ihre Wirkung verfehlte.

Die »Salchriednerin« errötete vor Freude über diese unerwartete Geste wie ein Backfisch. Und um sich zu revanchieren, hauchte sie Balthasar einen Kuss auf dessen linke Wange. Dieser bekam nun doch Angst vor seiner eigenen Courage und zog sich schnell in Richtung seiner Kabine zurück. »Vorsicht, Balthasar!«, murmelte er vor sich hin. »Die Sache könnte für dich gefährlich werden.«

Aber innerlich hakte er diesen ersten Tag auf See trotz mancher Stolpersteine doch unter der Rubrik »positiver Verlauf« ab.

Die folgenden Tage boten den Passagieren der Costa Smeralda reiche Abwechslung. Hatte das Schiff einen Hafen erreicht, gingen die meisten Fahrgäste von Bord, um in bereitstehenden Bussen zu verschiedenen Ausflugszielen auszuschwärmen, welche in Halb- oder Ganztagestouren erreicht und besichtigt werden konnten. Vielen war am Anfang nicht klar, worauf sie sich bei diesen Unternehmungen einließen. Aber spätestens nach der zweiten oder dritten Teilnahme merkten sie, dass diese Exkursionen nicht mehr bieten konnten als ein »Prima-vista-Erlebnis«.

Die meiste Zeit verbrachte man auf der Hin- und

Rückfahrt im Bus, und die Besichtigungen gerieten zum Schnelldurchlauf in einer Kulturstätte, für die man sich mindestens die fünffache Zeit hätte nehmen müssen, um sie einigermaßen gründlich kennenzulernen. Aber immerhin, man war wenigstens einmal dort gewesen und konnte im Bekanntenkreis mitreden, wenn zufällig die Sprache darauf kam.

Auch Balthasar und seine Tischgefährten waren in der Regel unter den Ausflüglern, die von den Angeboten des Reiseveranstalters Gebrauch machten. Sie begegneten sich dabei aber nur selten, denn es ergab sich meist, dass sie verschiedene Routen gewählt hatten. Hildegard wäre es nicht unangenehm gewesen, Balthasar auch auf einem Landgang in der Nähe zu haben. Ihm reichte es aber, beim Abendessen ihr Tischherr zu sein und, sofern es das Programm vorsah, ihr als Tanzpartner im großen Saal zur Verfügung zu stehen.

Diese Abendprozeduren allein schon führten dazu, dass die beiden miteinander vertrauter wurden. Sie bildeten an ihrem Tisch neben den Schröders für andere Gäste an Bord ein Paar, auch wenn der Altersunterschied zwischen ihnen unübersehbar war und Balthasar eher eine Vaterrolle als die eines Liebhabers bei Hildegard hätte spielen können. Nie tanzten sie mit anderen, auch nicht mit den Schröders, bei denen wohl kaum jemand es gewagt hätte, die resolute Madam zum Tanz aufzufordern, weil sie nach außen hin so wirkte, als würde sie allein bestimmen, wer ihr nähertreten dürfe und wer nicht.

An einem besonders intensiven Tanzabend, an dem der Hauptanimateur auf den Gedanken gekommen war, eine Anleitung zu Bewegungen nach Salsarhythmen zu geben, und die Gäste um die Tanzfläche herum aufgefordert hatte, mutig den Schritt auf das Parkett zu wagen, war Hildegard schier aus dem Häuschen geraten. Schon immer, so behauptete sie, sei es ihr besonderer Wunsch gewesen, diesen modernen Tanz wenigstens einmal zu probieren. Nie hätte sie es sich träumen lassen, dass die Erfüllung dieses Wunsches gerade bei dieser Kreuzfahrt in so greifbare Nähe rücken könnte. Und als setze sie Balthasars Einverständnis voraus, griff sie einfach nach seiner Hand und zog ihn auf die Tanzfläche. Der Arme fühlte sich höchst unwohl in seiner Rolle. Früher hatte er es kategorisch abgelehnt, sich zu einem solchen »Gehopse und Geringele«, wie er moderne Tänze nannte, herzugeben. Aber nun blieb ihm kein Fluchtweg mehr offen. Hildegard zuliebe musste er gute Miene zu diesem Spiel machen, auch wenn er sich dabei eher als ein Gliederverrenker denn als ein Tänzer fühlte. Der einzige Trost für ihn in dieser Situation: Den Herren wurde wegen der schweißtreibenden Arbeit, die ihnen bevorstand, erlaubt, sich der Jacken und Schlipse zu entledigen und die Ärmel hochzukrempeln.

Mit Mühe und Not kringelte sich Balthasar wie ein Schraubengewinde und drehte Hildegard nach ihrer Anweisung mit hochgestreckter Rechten um sich herum wie eine sich ringelnde Schlange, was seine Partnerin verzückt mit geschlossenen Augen zu genießen schien. Am Ende dieses Crashkurses in Sachen »Salsa« führte Balthasar, erschöpft von der ihm zugemuteten Anstrengung, seine Partnerin auf ihren Platz zurück. Ihr Dankeschön verblüffte ihn nach dem, was sie gerade miteinander getrieben hatten, gar nicht mehr. Sie finde es seltsam, um nicht zu sagen störend, erklärte sie dem immer noch leicht schnaufenden Tanzpartner, dass sie beide sich immer noch siezten. Sie fände es sehr schön, wenn sie Balthasar statt Herr Kleinert zu ihm sagen dürfte und er sie statt mit Frau Salchriedner einfach mit Hildegard anreden würde.

Balthasar hatte vor der Reise nie daran gedacht, sich auf eine solche Stufe der Vertrautheit mit einem ihm bisher unbekannten weiblichen Wesen zu begeben. Aber da eine Zurückweisung dieses Angebots, so weit kannte er Hildegard schon, von dieser als eine Kränkung empfunden worden wäre, willigte er ohne Widerstand ein und tat so, als freue er sich über ihren Schritt auf ihn zu. Außerdem wäre er viel zu erschöpft gewesen, sich stichhaltige Gegenargumente einfallen zu lassen. Also ergab er sich in die unvermeidbare Wendung, und zugleich gestand er sich ein, dass diese Lösung ihm den Umgang mit seiner Tisch- und Tanzpartnerin erleichtern würde.

Das Schiff hatte inzwischen den größten Teil der geplanten Reiseroute hinter sich gebracht. Barcelona und Malaga samt Abstecher nach Granada mit Alhambrabesuch waren abgehakt, der wuchtige Felsen von Gibraltar hatte bei der abendlichen Passage mit langen Lichterketten dem Schiff eine »Glückliche Fahrt!« signalisiert, die Insel Madeira wusste mit langstieligen Strelitzien, gelben Sträuchern und dunkelrot blühenden Parkbäumen die Ankommenden in Entzücken zu versetzen und hatte die Abfahrenden mit weiß-grauen Nebelschwaden schockiert, die sich urplötzlich von den Hängen herab kaskadenartig zum Hafenbecken hin ergossen. Auf Teneriffa gehörten die an der Westküste gelegenen Bananenplantagen ebenso zum Besuchsprogramm wie die Fahrt in die Höhenregionen zum Teide hinauf mit dem obligatorischen Foto vor dem etwas schief stehenden Felsenpilz in den aschbraunen Geröllfeldern. Aber nun ging es in Richtung Afrika mit Kurs auf Casablanca weiter.

Balthasars Traumziel rückte mit jeder zurückgelegten Seemeile näher. Schon früh am Morgen hatte es ihn nicht mehr in seinem Bett gehalten, und so stand er an Deck und spähte ostwärts, wo langsam die Küste Marokkos wie eine Fata Morgana aus dem morgendlichen Dunst emporstieg. Als dann die Sonne die ersten Strahlen auf den näher rückenden Landstreifen warf und vereinzelt weiße Punkte auftauchten, die sich bei weiterer Annäherung als Hausflächen entpuppten, wusste Balthasar: Casablanca lag zum Greifen nahe vor ihm.

Nach dem Frühstück sollte der Landgang zügig erfolgen, weil eine weite Fahrt nach Marrakesch für die meisten Gäste auf dem Programm stand. Ausnahmsweise wollte die gesamte Schröder-Kleinert-Salchriedner-Tischrunde gemeinsam daran teilnehmen. Balthasar hatte gehofft, sich zunächst in seiner Traumstadt Casablanca umsehen zu können. Seltsamerweise war eine solche Möglichkeit von der Reiseleitung gar nicht angeboten worden. Lag dafür ein besonderer Grund vor? Bei der Abfahrt zum Wüstenort Marrakesch hatte Balthasar sich im Hafen von

Casablanca auf einen Busfensterplatz gesetzt, um von der Stadt seiner Träume möglichst viel sehen zu können. Hildegard, der er zunächst aus Höflichkeit diesen Platz angeboten hatte, überließ ihm bereitwillig jenen Sitz, da sie schon längst von seiner Schwärmerei für Casablanca wusste und sie außerdem den Platz am Gang bequemer fand, weil sie dort ihre Beine viel besser ausstrecken konnte als am Fenster.

Als die fünf Busse, die für die Fahrt nach Marrakesch gechartert worden waren, sich im Hafen von Casablanca in Bewegung setzten, ging es zunächst an eintönigen Lagerhallen in endlos scheinenden Speicherviertlen vorbei. Dann reihten sich kilometerlang kleine, weiß getünchte Hauswände aneinander, ohne dass Balthasar irgendetwas bemerkt hätte, was an orientalischen Flair erinnert hätte. Keine Moschee mit schlanken Minaretts ließ sich ausmachen, keine Kaffeehäuser, wasserpfeifenbestückte Bars, nichts dergleichen. Balthasars Enttäuschung wuchs von Minute zu Minute. War er auf eine Filmfassade, ein Potemkinsches Dorf reingefallen?

Als die Buskarawane den Stadtrand erreicht hatte und sich bei immer spärlicher werdendem Gras und Buschwerk in die Wüstenregion hineinzubewegen begann, wurde es Balthasar klar: Ingrid Bergman, Humphrey Bogart und ihre Mitspieler hatten ihn an der Nase herumgeführt, ihm eine Traumwelt vorgegaukelt, die sich jetzt mit einer großen Enttäuschung für ihn verabschiedete. Missmutig sah er dem weiteren Verlauf der Busfahrt entgegen. Würde der Besuch von Marrakesch zu einer ähnlichen Enttäuschung werden?

Hildegard merkte an Balthasars Schweigen, dass seine Laune an einem Tiefpunkt angelangt war. Aber ihr fiel nichts Passendes ein, was ihn aus diesem lethargischen Zustand hätte wecken können. Folglich schwieg auch sie und sah wie er aus dem Fenster in das eintönige Wüstengelände, das dort ohne besondere Akzente vorüberzog.

Einen Lichtblick brachte in Balthasars trübe Gedankenwelt erst eine Unterbrechung der Reise an einer oasenähnlichen Raststation. Die Busse entleerten ihre Menschenflut in ein großes, hinreichend Schatten spendendes Zelt zu einer Teepause. Nach orientalischer Sitte nahmen die Gäste mit gekreuzten Beinen auf weichen Teppichen Platz. Blutjunge Mädchen in farbenfrohen Kleidern servierten den Tee in kleinen Tassen, die sie den auf dem Boden Hockenden vor die Füße stellten.

Eine Seite des Zeltes ließ den Blick frei auf ein Feld, größer als ein Fußballplatz, und am entferntesten Ende jenes Areals sammelten sich zahlreiche Reiter in weißen Gewändern, welche die sich aufgeregt gebärdenden Pferde in eine Reihe zu bringen versuchten. Als das gelungen war, preschten die Wüstensöhne auf ihren feurigen Reittieren von ihrem Startplatz los und flogen in wildem Galopp auf das Zelt zu, wobei sie mit den Gewehren herumfuchtelten und kehlige Laute ausstießen. Kurz vor Erreichen des Zeltes feuerten sie wie auf ein geheimes Kommando eine Salve in die Luft und brachten gleichzeitig ihre Pferde ruckartig zum Stehen.

Damit die freundlich Beifall klatschenden Zuschauer nicht auf den Gedanken kämen, das gleichzeitige Stoppen der Pferde wäre ein Zufall gewesen, wiederholten die Beduinen ihr Kunststück vom Start bis zur Schießerei noch zweimal, wobei wohl auch der Wunsch eine Rolle spielte, mit solchem Dacapo die Spendenbereitschaft des Publikums beim anschließenden Bakschisch-Sammeln zu aktivieren. Madam Schröder zeigte sich dabei offensichtlich sehr spendabel, denn ihr in das Sammelkörbchen geworfener Geldschein brachte ihr eine besondere Anerkennung in Gestalt einer langen Glasperlenkette ein, die ihr einer der Wüstensöhne um den Hals hängte. Dass er sich dann mit über der Brust gekreuzten Armen tief vor ihr verneigte und so etwas wie »Salam alaikum!« murmelte, beeindruckte die Hofierte mächtiger als die glitzernde Halskette von vermutlich nur geringem merkantilem Wert.

Das Spektakel samt Teebeköstigung verfehlte auch bei Balthasar nicht seine Wirkung. Er sah jetzt der Weiterfahrt mit einiger Spannung entgegen und hoffte auf neue orientalische Erlebnisse, auch wenn er sich bewusst war, dass diese Darbietungen eher Produkte einer gut funktionierenden Fremdenindustrie als spontane Ausflüsse des Originallebens der Bewohner dieses Landes waren.

Hildegard tat ein Übriges, das Wohlbefinden ihres Reisepartners zu steigern, indem sie berichtete, sie habe von Bekannten gehört, Marrakesch sei eine wirklich interessante Stadt mit Eseltreibern, Schlangenbeschwörern, Kamelkarawanen und all jenem, was man aus dem Dunstkreis von »Tausendundeiner Nacht« seit der Kindheit kenne.

Und in der Tat, wenn man von dem für Fremde inszenierten Spektakel auf dem großen Marktplatz absah, konnte man durchaus in dieser Stadt das Gefühl haben, echten Orient zu erleben. Die Palastbauten mit schattigen Höfen und ornamentverzierten Brunnen faszinierten ebenso wie die engen Gassen mit Werkstätten, die Schmuckläden und bunt leuchtenden Tücher der Färbereien, die an langen Leinen die schmalen Straßenzeilen und Treppen überspannten. Und über allem der Duft des Orients, der sich von den Gewürzläden des Basars nach allen Seiten hin ausbreitete.

Voll von farbigen Eindrücken kehrten die meisten Gäste zu den Bussen zurück, um die Heimfahrt anzutreten. Als die Ausflügler wegen der späten Ankunft beim Schiff erst gegen Mitternacht ihr Abendessen einnahmen, beherrschte dieser besonders gelungene Tag den Gesprächsstoff.

Auch bei Balthasars Tischrunde war man höchst zufrieden mit dem Erlebten. Madam Schröder trug immer noch ihre Glasperlenkette mit Stolz um den Hals, als wären die glitzernden Kugeln lauter Smaragde oder Diamanten, und Hildegard Salchriedner gestand errötend, sie habe sich im Basar von Marrakesch dazu überreden lassen, sich ein orientalisches Gewand zu kaufen, ein teueres Stück, aber ein »Gedicht«, hauchdünn, duftig und mit einem passenden Schleier. Ob sie Letzteren jemals daheim würde tragen können, daran zweifele sie sehr.

Dr. Schröder und Balthasar warfen sich bei dieser Beichte verstohlene Blicke zu. Kannten sie doch die Schwäche der Salchriednerin für Tüllgewänder seit ihrem ersten Erscheinen an ihrem Tisch vor mehr als zehn Tagen!

Die Costa Smeralda schob sich während dieses Abendessens schon wieder aus dem Hafen von Casablanca hinaus in die offene See und nahm Fahrt auf in Richtung der Straße von Gibraltar. Nächstes Ziel waren die Balearen, aber bis dahin lag noch viel Wasser unter dem Kiel des Traumschiffes.

In dieser Zeit durfte bei den Passagieren keine Langeweile aufkommen, und so sah das Programm als besonderen Unterhaltungspunkt ein abendliches Kostümfest mit Tanz vor, bei dem die originellsten Einfälle prämiert werden sollten. Falls es jenen, die mitzumachen gedächten, an Materialien mangele, so hieß es in der Ankündigung, könne das Unterhaltungsteam mit buntem Papier, Luftschlangen, Klebstoff und ähnlichen Utensilien helfen.

Nun war guter Rat bei vielen Mitreisenden gefragt. Sollte man im Kostüm mitmachen oder nur als Zuschauer das bunte Treiben beobachten? Wenn man sich zur aktiven Teilnahme entschloss, musste man sich entscheiden, ob man sich alleine, als Paar oder als Gruppe dem Wettbewerb stellen wollte, denn diese drei Kategorien waren vom Festausschuss vorgegeben.

Auch an Balthasars Tisch rauchten die Köpfe. Als Erste entschloss sich Madam Schröder zur Teilnahme, und sie setzte voraus, dass ihr Mann ohne Widerspruch mitmachen würde.

Aber allen Erwartungen zum Trotz war dieser diesmal nicht bereit, zusammen mit seiner Frau als ein »chinesisches Paar« oder als »Schornsteinfeger-Duo« aufzutreten. Sein Argument lautete, sie seien schon so oft als Paar auf der Tanzfläche aufgefallen. Da müsse das nicht auch noch im Kostüm fortgesetzt werden. Diesmal möge seine Frau doch als Solistin auftreten, ihrer Größe wegen vielleicht als »Funkturm« oder als »Bohnenstange«. Es fiel ihm noch ein, dass auch »Zwerg Nase« in Betracht käme, aber da das seine Frau sehr gekränkt hätte und außerdem eher »Riese Nase« die passendere Bezeichnung gewesen wäre, nahm er von diesem Vorschlag Abstand.

Madam Schröder schluckte mehrmals heftig. Widerspruch war ihr unbekannt. Aber ihrem Mann vor anderen Leuten hier eine Szene zu machen, das hätte nicht zu ihrem rheinischen Naturell gepasst. Also schwieg sie und überlegte, was in dieser verfahrenen Situation zu tun sei.

Es dauerte nicht lange, und sie hatte eine Lösung gefunden: Sie sollten sich als tanzende Vierergruppe an dem Kostümwettbewerb beteiligen. Als Tischgemeinschaft seien sie sicher ein starkes Team, das sich gewisse Chancen ausrechnen könne, erfolgreich mitzumachen.

Balthasar und Herr Schröder sahen verdutzt drein. Hildegard dagegen reagierte spontan positiv auf den unerwarteten Vorschlag. Sie könne sich so etwas durchaus vorstellen, meinte sie lächelnd. Und sie rückte auch gleich mit dem heraus, was ihr blitzschnell in den Kopf gekommen war. Warum könnten sie vier nicht als Beduinengruppe mit einem Kamel auftreten, vielleicht sogar mit einer Haremsdame im Gefolge? Das müsse sich doch irgendwie bewerkstelligen lassen.

Die Herren am Tisch blickten sich erneut erstaunt an. Der Vorschlag war sicher originell, aber woher ein

Kamel auf einem Schiff nehmen? Die Sache schien von vornherein an diesem Hindernis zu scheitern.

Aber jetzt schaltete sich Madam Schröder schnell wieder in die Diskussion ein. Warum nicht ein »Kamel« bauen und von zwei Personen aus ihrem Kreis tragen lassen? Sie sei durchaus bereit, eine Hälfte eines solchen Wüstenschiffes darzustellen, am besten wegen ihrer Größe die vordere. Für die Rolle einer Bauchtänzerin sei doch Frau Salchriedner geradezu prädestiniert, und die Herren müssten sich nur entscheiden, ob sie lieber als Kameltreiber oder als hintere Hälfte des Tieres bei der Verkleidungsaktion mitwirken wollten.

Da war sie wieder in ihre alte Rolle geschlüpft, die Langnase-Dame! Wie sie es sagte, das klang apodiktisch und schien keine Widerrede zu dulden. Hildegard konnte sich ohne Schwierigkeit vorstellen, in ihrem auf dem Basar von Marrakesch erworbenen orientalischen Gewand so etwas wie einen Bauchtanz zu wagen. Selbst der Schleier könnte dabei zum Einsatz kommen, und so erklärte sie sich bereit, den ihr von Madam Schröder zugedachten Part zu übernehmen.

Balthasar entschied sich daraufhin schnell für die hintere Kamelhälfte, da er ungern in Beduinenverkleidung auf der Tanzfläche erscheinen wollte, auch wenn er immer noch im Bann des in Marrakesch Erlebten stand und zuweilen selbst am Tag in orientalische Traumbilder eintauchte. Da blieb dem zweiten Herrn am Tisch nichts anderes übrig, als die Rolle des Kameltreibers zu übernehmen, zumal er in der Ablehnung der Pläne seiner Gattin nicht zu weit gehen wollte. Und er erklärte sich auch bereit, zusammen mit Balthasar Kleinert das »Kamel« zu bauen, genauer gesagt: die Kamelhülle, in welche die beiden Träger hineinschlüpfen sollten.

Beim Thema Konstruieren und Bauen war Dr. Schröder ganz in seinem Element. Endlich konnte er, der diplomierte Ingenieur, auf einem Kreuzfahrtschiff sich sozusagen berufsmäßig voll einbringen, musste er nicht mehr nur der brave Mitläufer seiner ihn ständig überragenden Ehefrau sein! Er sprühte plötzlich nur so vor Einfällen und gewann von Minute zu Minute immer mehr Gefallen an dem Plan für das Verkleidungstheater.

Als alle am Tisch seine Bauvorschläge höchst begeistert billigten, schlug er vor, zügig ans Werk zu gehen. Schließlich sollte das besondere Ereignis schon am Abend stattfinden. Also war Eile geboten.

Die beiden Damen wurden beauftragt, eine Kojenbett-Leiter, einen Besen, Pappe, buntes Papier und Klebstoff samt Schere und genügend Schnüre zu besorgen. Der Diplomingenieur hatte den Einfall, den Kopf des Tieres nach der Abbildung auf einer Camel-Zigarettenpackung zu gestalten. Daher machte sich Balthasar auf den Weg, irgendwo im Schiff nach einer solchen Zigarettenpackung Ausschau zu halten. Was lag näher, als sich im Rauchsalon auf dem Oberdeck umzusehen! Die Besucher jenes mit bequemen Sesseln ausgestatteten Raumes wunderten sich darüber, dass Balthasar, den noch niemand hatte rauchen sehen, nach einer leeren Packung der gesuchten Marke fragte.

Warum er sich so begeistert zeigte, als ihm eine

solche Schachtel ausgehändigt wurde, das errieten die Raucher nicht. Auch auf seine Dankesworte und vagen Andeutungen in Richtung auf die Veranstaltung am Abend konnte sich keiner einen Reim machen. Also tat man den kurzen Besuch Balthasars im Rauchsalon achselzuckend ab oder ordnete den Davoneilenden der Kategorie »sonderbarer Mitreisender« zu.

Als Werkstatt für den Bau des »Kamels« empfahl sich die Kabine der Schröders von selbst. Das Ehepaar gönnte sich bei Kreuzfahrten meistens eine Unterkunft der gehobenen Klasse, und so bot der Raum mehr Platz als viele andere Kabinen, besonders auch als jene, in denen nur ein Bett stand neben dem sonst üblichen Mobiliar.

Unter Dr. Schröders Regie ging man nun hier zu Werke. Nach und nach nahm das Tier Gestalt an. Der Körper, bestehend aus der deckenverhüllten Kojenbett-Leiter, war bald fertig, und auch der mit Pappe umkleidete Besen fand schnell seine Form als Kamelkopf. Als Augen dienten zwei Bierdeckel, die Balthasar an der Bar hatte mitgehen lassen, und Hildegard verpasste dem Kopf zwei spitze Ohren aus Papierservietten.

Madam Schröder bestand auf einer Generalprobe. Sie und Balthasar steckten ihre Köpfe durch je eine Leitersprosse, und nachdem braune Wolldecken darüber drapiert waren, sah das dem Rumpf eines Wüstenschiffes schon sehr ähnlich. Als dann Madam Schröder noch den Besenkopf vorn herausstreckte und ihren Hintermann aufforderte, mit ihr zusammen im gleichen Takt ein paar Schritte durch den

Raum zu machen, brachen Hildegard und Dr. Schröder in Begeisterung aus. Ein solches Kamel hatte es auf der Costa Smeralda noch nie gegeben!

Aber nun mussten auch für die Bauchtänzerin und den Kameltreiber die Kostüme bereitgestellt werden. Dr. Schröder erhielt von seiner Frau ein weißes Bettlaken so übergestülpt, dass aus ihm nur das Gesicht hervorlugte. Eine gedrehte Schnur um den Kopf herum und eine Sonnenbrille machten aus ihm fast einen stilechten Beduinen. Hildegard kam mit ihrem in Marrakesch erworbenen Schleiergewand aus ihrer Kabine herüber, übte dabei schon mal den Hüftschwung und das Bauchwackeln und begleitete sich selbst während dieser Übungen musikalisch, indem sie mit gespitzten Lippen »O Rose von Stambul« flötete.

Damit waren die Vorbereitungen abgeschlossen. Herr Schröder übernahm es, die Gruppe für ihren abendlichen Auftritt beim Festausschuss anzumelden und die passende Musik für ihre Tanzeinlagen auszuwählen. Man staunte dort nicht wenig, dass er darum bat, den Auftritt seiner Tischgruppe mit Cha-Cha- und Salsamusik begleiten zu lassen. Ausgerechnet Cha-Cha und Salsa! Was steckte wohl hinter diesem äußerst ungewöhnlichen Wunsch? Die Leute vom Festausschuss erhielten von Dr. Schröder keine Erklärung. Er verabschiedete sich lediglich mit den Worten: »Lassen Sie sich heute Abend überraschen!«

Die Zeit bis zu dem großen Ereignis überbrückten die vier Tischgenossen in unterschiedlicher Weise. Balthasar legte sich im Vertrauen darauf, Madam

Schröder werde ihm, dem Kamelhinterteil, bei ihrem Auftritt die nötigen Verhaltensanweisungen zurufen, noch für eine gute Stunde aufs Ohr und tankte so Kraft für den Abend. Dr. Schröder bräunte mit Hilfe von Puder und Wimperntusche aus dem Make-up-Köfferchen seiner Frau das Gesicht sowie Hände und Füße, um seinem Aussehen einen levantinischen Anstrich zu geben, während die ihm Angetraute mehrere Sandalen anprobierte, um mit einem schönen Paar aus ihrer Schuhsammlung am Abend ihre schlanken Beine zu zieren. Aber dann fiel ihr ein, dass Kamele sich ohne jedes Schuhwerk durch die Wüste zu bewegen pflegen, und so beschloss sie, zusammen mit Balthasar barfüßig aufzutreten.

Am meisten machte sich Hildegard Salchriedner Sorgen um ihren Auftritt. War sie in ihrer Begeisterung zu weit vorgeprescht? Hatte sie sich da in etwas eingelassen, was sie zu überfordern drohte? Allein schon die Frage, ob sie beim Bauchtanz ein Stück freie Haut samt Nabel zeigen sollte oder ob damit die Grenze des guten Geschmacks überschritten würde, trieb sie in einen Zustand völliger Unentschlossenheit.

Um ihre Gemütslage zu stabilisieren, begab sie sich an Deck, lehnte sich an die Reling und blickte der Sonne nach, die als blassroter Ballon in der bläulichen Dunstschicht oberhalb des Horizontes einzutauchen sich anschickte. Hildegard stand lange so da und wusste nicht recht, ob dieser theatralische Abgang der Sonne ihrem Seelenzustand hilfreich sei, bis ihr das Gedicht von Heinrich Heine einfiel, in dem jener einem sentimental seufzenden Fräulein rät, trotz des Sonnenuntergangs munter zu bleiben, weil der Himmelskörper keinesfalls absaufe, sondern mit Sicherheit am nächsten Morgen wieder auftauchen werde. Aufgemuntert durch diese Einsicht, kehrte Hildegard in ihre Kabine zurück und fing an, sich für das Abendereignis in eine Haremsdame zu verwandeln.

Vorsorglich hatte Dr. Schröder anstelle des Abendmenüs für seine Tischgruppe einen kleinen Imbiss auf seine Kabine bestellt, denn man wollte ja nicht geschminkt und zum Teil kostümiert den anderen Gästen im Speisesaal zu früh Einblick in das geben, was sie, die vier Tischgefährten, später zu zeigen gedachten. Also saßen Hildegard und Balthasar zwar etwas beengt, aber innerlich völlig locker mit den Schröders in deren Schiffsbehausung und verzehrten ihr kleines Mahl, das der Tischkellner auf einem Teewagen angeliefert hatte. Das Trinkgeld für den Service hatte er dankbar aus Dr. Schröders Hand angenommen, und er war auch zu Stillschweigen verpflichtet worden über das, was er in der Kabine an Utensilien für die Kostümierung gesehen hatte.

Zum ersten Mal während der Seereise hatte Balthasar den Eindruck, die Schröders seien doch eigentlich nette Leute, ziemlich normal und sogar humorvoll. Hatte Hildegard mit ihren ihm erwiesenen Freundlichkeiten schon sehr zum Abbau seiner anfänglichen Bedenken gegenüber der Reise beigetragen, so schienen nun auch die Barrieren zwischen ihm und dem Ehepaar Schröder niederzufallen. Er fing an, seine Kreuzfahrt in vollen Zügen zu genießen.

Die große Tanzveranstaltung mit Kostümprämierung hatte viele Fahrgäste in den Festsaal gelockt, und so waren die meisten Plätze schon zu Beginn des besonderen Ereignisses besetzt.

Es fehlten nur noch jene, die sich als Akteure gemeldet hatten, denn sie sollten jeweils erst zu ihren tänzerischen Vorführungen in den Saal kommen. Der Zeremonienmeister im Kostüm eines Harlekins bat die Kapelle um einen Tusch und machte, als Ruhe eingekehrt war, die Zuschauer mit dem geplanten Ablauf der Abendveranstaltung bekannt. Für das Preisgericht bat er um Freiwillige aus dem Publikum. Es fanden sich schnell drei Damen und drei Herren, die gewillt waren, nach gewissen Kriterien Punkte an die Auftretenden zu vergeben und am Schluss die Siegerehrung vorzunehmen. Bevor aber die eigentlichen Darsteller in Aktion traten, wurde das Parkett freigegeben zum allgemeinen Tanzvergnügen, und so bewegten sich viele aus der Zuschauerschaft nach beschwingten Melodien über die Tanzfläche. Mancher wünschte dabei, dass diese »Lockerungsphase« länger gedauert hätte.

Aber es sollte nun das vorgesehene Spektakel zu seinem Recht kommen, und so hieß es: »Tanzfläche frei für die Solisten!«

Die erste Gruppe, bestehend aus kostümierten Solotänzern, wurde in den Saal gebeten. Bald tummelten sich ein »Marienkäfer«, »Schornsteinfeger«, »Blumenmädchen«, »Indianer«, ein »Fliegenpilz« und sogar eine »Badenixe« nebst ihrem Sonnenschirm auf der freien Fläche und bemühten sich, nach verschiedenen Melodien beim Tanz eine möglichst gute Figur zu machen. Freundlicher Beifall dankte den

Akteuren, die am Ende ihres Auftritts ihre Maskierung so weit ablegten, dass man wusste, wer aus der großen Schar der Mitreisenden sich hinter dem jeweiligen Kostüm verborgen hatte.

Danach betraten fünf Paare die Tanzfläche, die sich in »Teufel und Hexe«, »Escamillo und Carmen«, »Sokrates und Xanthippe«, »Katz und Maus« sowie »Caesar und Kleopatra« verwandelt hatten. Auch diese sollten sich beim Tanz in ihren Kostümen bewähren, und da von der Kapelle unter anderem ein Paso doble gespielt wurde, hätten eigentlich »Carmen« und ihr »Torero« einen großen Vorteil gehabt. Aber da beide nicht gerade bravouröse Paso-Tänzer waren, glich ihre Vorstellung eher einem Ringelreihen als einem Stierkampf. Besser schnitten da die Vertreter der Unterwelt ab. Sie machten aus dem Paso doble einen Teufelstanz oder Hexenritt, zumal die Dame als signifikantes »Walpurgisnacht-Fluggerät« einen Stauchbesen mit sich führte.

Dr. Schröder hatte sich inzwischen mit seiner Orientgruppe von der Kabine über die Treppe bis zum Deck emporgearbeitet, auf dem sich der Festsaal der Costa Smeralda befand. Das war schwieriger als gedacht, weil Madam Schröder und Balthasar unter der Kamelhülle, die sie über sich trugen, nur den Fußboden sehen konnten. Damit das Wüstenschiff nicht zu Schaden kam, leisteten der Kameltreiber, alias Herr Schröder, und Hildegard Salchriedner, schon ganz Haremsdame, durch Zurufe Hilfe.

Schließlich langte man rechtzeitig vor der Eingangstür zum Saal an, in dem der Tanzwettkampf in vollem Gange war.

Nach und nach fanden sich dort all jene ein, die im dritten Teil der Abendveranstaltung um den ersten Preis wetteifern wollten. Eine Gruppe stellte »Südsee-Insulaner« dar mit Baströcken, Blumen im Haar und Blütenketten, die sich wie Girlanden um Hälse und weitgehend nackte Oberkörper wanden.

Eine zweite Gruppe, bestehend aus fünf kräftigen Mannsbildern, trat in kurzen krachledernen Hosen, mit Gamsbarthüten, wadenlangen Strümpfen und ähnlichem alpenländischen Folklore-Zubehör an. Es stellte sich heraus, dass es bei diesen Teilnehmern keiner besonderen Anstrengung zur Kostümierung bedurft hatte. Die Männer waren Mitglieder eines Oberammergauer Schützenvereins und hatten aus einer Laune heraus ihre heimische Festkluft auf die gemeinsame Seereise mitgenommen. Als der Aufruf zur Teilnahme an dem abendlichen Tanzkostüm-Wettbewerb erging, entschlossen sie sich spontan dazu, mitzumachen, in der Hoffnung, als schuh-plattlernde Gruppe beim Schiedsgericht mit ihrem Alpen-Outfit besonderen Eindruck zu schinden. Und zuletzt fand sich im Eingangsbereich zum Festsaal auch noch eine weitere Gruppe ein, drei »Litfaßsäulen«, längliche, mit Plakaten und Zetteln beklebte Pappröhren, bei denen man lediglich an den unten herausragenden Füßen ablesen konnte, dass es sich um drei weibliche Wesen handelte, welche in den Reklameröhren steckten. Diese bunte Ansammlung wartete nun darauf, in den Saal gerufen zu werden und mit den Tanzvorführungen zu beginnen.

Als das Zeichen zum Eintreten kam, marschierten die Gruppen nacheinander unter dem Beifall der Zu-

schauer nach den Klängen des bayrischen Defilier-
marsches – offensichtlich ein Zugeständnis der Kapelle an die seppelbehütete Gruppe – in den großen
Raum.

Dr. Schröder hielt sein Kamel zunächst bewusst zurück, und so zog er mit den Seinen als letzte Gruppe
ein, er an der Spitze, hinter sich das Wüstenschiff,
zwischen dessen Höckern die verschleierte Haremsdame Hildegard thronte und auf Anweisung ihres
Beduinenchefs mit einer zuvor bei der Kapelle gelie-
henen Rassel den Einmarsch auf orientalische Weise
musikalisch begleitete.

Schon allein der Einzug der Kamelgruppe hätte ge-
nügt, den Konkurrenten die Schau zu stehlen, denn
alle Augen der Anwesenden wandten sich dieser aus
dem Rahmen fallenden »Zirkusnummer« zu. Aber
die eigentliche Bewährung stand ja noch bevor. Es
zeigte sich bald: Die »Litfaßsäulen«, »Hula-Hula-
Tänzer« und auch die »Schuhplattler« mochten sich
anstrengen, wie sie nur konnten. Als das »Kamel« in
raffinierter Weise die Beine nach Cha-Cha-Klängen
schwang, wobei Madam Schröders wohlgeformte Li-
nien voll zur Geltung kamen, die Haremsdame, auf
dem Rücken des Tieres sitzend, dazu den Takt schlug
und der Kameltreiber eine besondere Tanzfigur um
das Kamel herum auf das Parkett legte, war die Entscheidung schon so gut wie gefallen. Aber Hildegards
Auftritt brachte noch eine weitere Steigerung. Als
der Cha-Cha verklungen war, ging das Kamel in die
Knie, die Haremsdame stieg vom Höckersitz herab
auf den Tanzboden, warf ihren wallenden Schleier
ab und stand nun als nabelfreie Bauchtänzerin

vor ihrem orientalischen Hintergrund. Sobald der Salsarhythmus einsetzte, bewegte sie sich in einer seltsamen Mischung aus maghrebinischer Verzückung und brasilianischer Laszivität in Spiralen um sich selbst, rollte dabei mit dem Bauch, als hätte sie eine schlimme Gastritis, und klatschte ihre Hände über dem Kopf zusammen, während Dr. Schröder dazu mit der Rassel die passenden Nebengeräusche fabrizierte und sich Mühe gab, in seinem Beduinengewand durch Wackelbewegungen einer Salsa nahezukommen.

Hildegard lief in ihrer Rolle als Bauchtänzerin zur Hochform auf. Noch nie in ihrem Leben hatte sie von anderen Menschen einen solchen Zuspruch erfahren. Das Publikum klatschte den Takt mit, und als der Tanz endete, erhoben sich die meisten Zuschauer, applaudierten stehend weiter, und viele »Bravo-« oder »Brava-Rufe« unterstrichen die allgemeine Begeisterung.

Selbst die Konkurrenten, die angesichts der Dominanz der orientalischen Truppe resigniert hatten, beteiligten sich an den Beifallsbekundungen.

Dem Schiedsgericht fiel die Entscheidung nicht schwer. Das einstimmige Urteil lautete: »Sieger des Kostümtanz-Wettbewerbs ist die Orientgruppe!« Das Dr.-Schröder-Team musste in der Mitte des Saales Aufstellung nehmen und sich demaskieren. Eigentlich hätte es dieser Entblößung gar nicht bedurft, denn die meisten Zuschauer hatten Hildegard und ihren »Chef« trotz der Verkleidung erkannt, und es gehörte nicht viel Scharfsinn dazu, zu erraten, dass sich unter der Kamelhülle die beiden anderen

Tischgenossen befanden. Eine Dame und ein Herr des Schiedsgerichts überreichten jedem aus der Gruppe ein Anerkennungsgeschenk. Madam Schröder sowie Hildegard erhielten je eine Badetasche mit der Aufschrift »Costa Smeralda«, und die Herren bekamen einen Kleidersack mit dem gleichen Schriftzug. Dazu gab es eine große Flasche Sekt, damit der Erfolg bei der nächsten Gelegenheit von der Tischgemeinschaft gebührend begossen werden konnte.

Das taten die Glücklichen dann auch am nächsten Abend intensiv. Durch das gemeinsame Tun hatten alle irgendwie zusammengefunden, und jeder war auf eine andere Weise bereichert worden. Dr. Schröder hatte zum ersten Mal die Bevormundung durch seine Frau nicht akzeptiert, hatte sich sozusagen emanzipiert. Hildegard erlebte so etwas wie eine Sternstunde durch ihren Bauchtanzauftritt, Balthasar konnte sich sagen, die Seereise war dank dieser Tischgemeinschafts-Leistung für ihn zu einem unerwartet schönen Erlebnis geworden, und selbst Madam Schröder hatte eine besonders nette Anerkennung erfahren. Als die vier Tischgefährten beim Sekt saßen, kam nämlich ein Amerikaner, einer der wenigen Nichteuropäer unter den Mitreisenden, zu ihnen, klopfte Dr. Schröder anerkennend auf die Schulter und sagte im schönsten Yankee-English: »Your camel was good, but the legs in front were nicer than the legs behind!«

Madam Schröder prustete laut los, als sie begriff, dass der Kommentator soeben ein Loblied auf ihre schlanken Beine gesungen hatte, und Balthasar schmunzelte vergnügt. Hatten doch schließlich seine behaarten, strammen »Haxen« den finsteren Hintergrund abgegeben, vor dem Madams wohlgeformte Beine sich so vorteilhaft abgehoben hatten!

Man trank und plauderte, war sich sympathisch und fand, dass man sich jetzt viel besser verstand als zu Beginn der Kreuzfahrt. Und da die Reise langsam zu Ende ging, kam sogar ein wenig Abschiedsschmerz auf. Man tauschte die Adressen aus und versprach sich, Fotos von den gemeinsamen Unternehmungen zu schicken.

Damit hätte die Geschichte eigentlich abgeschlossen gewesen sein können, wenn nicht Madam Schröder wieder einmal für eine Überraschung gut gewesen wäre. Sie schlug vor, man sollte für das kommende Jahr gemeinsam eine Seereise buchen. Niemand von ihnen könne leugnen, dass sie viel Spaß miteinander gehabt hatten. Und falls es dann auf der nächsten Kreuzfahrt einen ähnlichen Wettbewerb geben sollte, wisse sie auch schon, unter welchem Motto sie zusammen auftreten könnten. Sie habe schließlich als alte Kölnerin genügend Erfahrung beim Karneval gesammelt. Woran sie dachte, das verriet Madam Schröder aber nicht. Was blieb den anderen aus der Runde übrig, als dem Plan zuzustimmen? Dr. Schröder wollte nicht erneut sich seiner Frau gegenüber renitent zeigen, und außerdem fand er nach kurzem Überlegen den Vorschlag gar nicht schlecht. Hildegard war selig über die Perspektive, Balthasar dann wieder als Tisch- und Tanzpartner an ihrer Seite zu haben, und selbst dieser schloss mit Blick auf das Wiedersehen im nächsten Jahr neue Entwicklungen in seiner Beziehung zu der Salchriednerin nicht mehr ganz aus.